EL RINCÓN DE LOS SUEÑOS ROTOS

Veinte relatos cortos y un consejo a modo de reflexión

Jesús Piquer Bestuer

El rincón de los sueños rotos. Veinte relatos cortos y un consejo a modo de reflexión

www.npqeditores.com
edicion@npqeditores.com

Primera edición: diciembre, 2023
Impreso en España

Los papeles que usamos son ecológicos, libres de cloro y proceden de bosques gestionados de manera eficiente.

ISBN: 978-84-19924-36-0
Depósito legal: V-4263-2023

EL RINCÓN DE LOS SUEÑOS ROTOS

Veinte relatos cortos y un consejo a modo de reflexión

Jesús Piquer Bestuer

Índice

PRÓLOGO

¿A qué huelen los sueños?

¿Por qué consideramos *a priori* que los sueños rotos nos harán sufrir?

Hay felicidad que hay que dejar ir, no aferrarse a ella, a esa *impermanente* ilusión, pues esta dejará de brillar en algún instante, como la vida misma.

De este modo Jesús va tejiendo con hilos rojos los sueños en los íntimos rincones del corazón, y así los presenta de manera desgarrada y desnuda, sin edulcorantes, pero respetuoso y amable.

Esta última obra configura un círculo en una trilogía con diversos ángulos y rincones. «Los rincones de los sueños...», unas veces olvidados por el tiempo y el espacio, otras veces fuera de la luz con su proyección más oscura de la vida y del amor y, por último, en la obra que sostienes en tus manos, sueños, simplemente sueños. Lo que nace, crece y se transforma. Nada permanece...Ni siquiera el amor romántico. Ese amor no es «para siempre», aunque nos lo vendan en París en bonitos y caros frascos de perfume y sellados con candados en los jalonados puentes mientras suena a nuestro alrededor notas dulces de *La Vie en Rose*.

Así en *El rincón de los sueños rotos* encontrarás pequeñas motas de esa fragancia, unas veces dulces, otras más ácidas, vertidas de un frasco quebrado que reposa en la oscuridad de un rincón olvidado en la «Ciudad del Amor».

El autor nos invita a ser alquimistas de nuestras emociones y nuestra vida mezclando las esencias y fluidos de nuestro corazón que anhela ser amado; pero, como todo lo que está sujeto al cambio, se mueve de un rincón a otro. El nombre de ese viento se llama recuerdo, que juega con las pequeñas motas del perfume que un día vistió su piel; y así huelen los sueños...

Cuando los rincones se llenan de olvido, pueden cegar tus ojos y en esa oscuridad puedes no ver los trozos rotos de un corazón que aún vive, que aún late. Entonces el sueño se convierte en la proyección de esa película que queremos protagonizar y cuando aparece el «The End», solo perdurará el sabor del sueño... y del helado de chocolate que te deleitó mientras duró y te dirás: «Gracias por el momento que aconteció; gracias por lo que yo también ofrecí y aprendí; y en ese momento abrirás tus ojos y hallarás la libertad y en una vieja gramola en la buhardilla del viejo París sonará el estribillo de una canción de Aute que tanto amaste: «...Todo en la vida es cine, y los sueños cine son...».

Y resonando a la vez en tu mente los versos mil veces leídos... y te preguntarás: «¿Qué es la vida? Un frenesí. ¿Qué es la vida? Una ilusión. Una sombra, una ficción; y el mayor bien es pequeño, que toda la vida es sueño y los sueños, sueños son».

... continúa sonando la vieja gramola:

«... pido perdón por confundir el cine con la realidad...».

Y mi corazón se salta un latido como la aguja del disco ajado:

«Siempre nos quedará París...». O no...

Mayca Pérez Moreno «MykRowaan»

Para mi amigo Javi González, Viza, quien está hecho del material con que se forjan los sueños.

INMORTUS

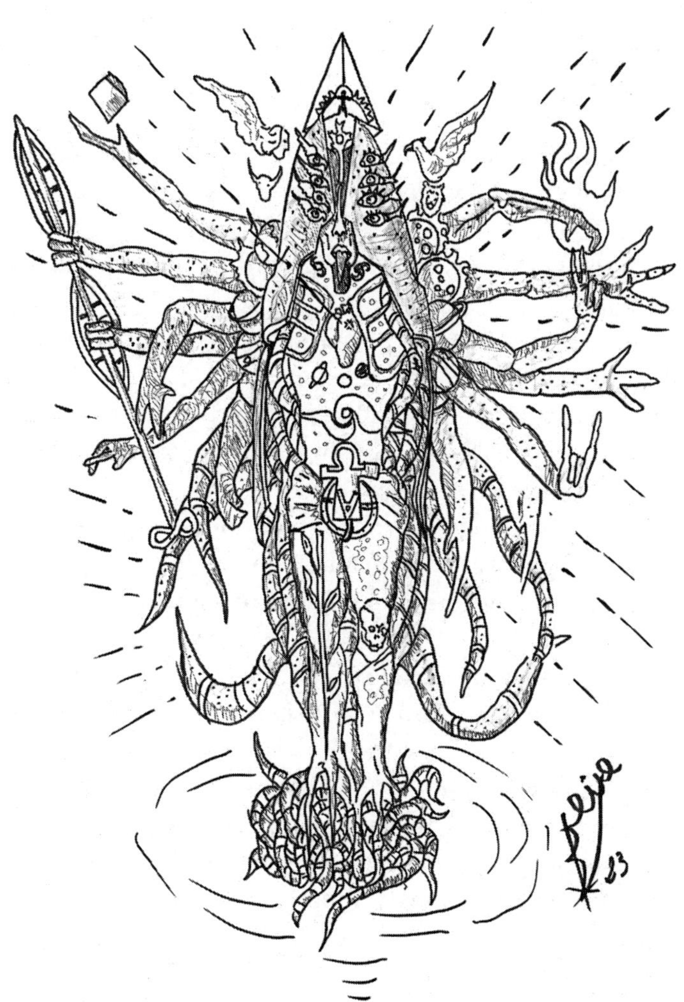

12

Somos muy pocos aquellos que hemos logrado el conocimiento absoluto. Más allá del bien y del mal. Más allá de la capacidad creadora.

Nosotros sí tenemos total libertad. Vamos y venimos a cualquier punto del universo con solo desearlo. Mi existencia no tiene límites. Como no los tienen ni el tiempo ni el espacio.

Lo sé. Os estáis preguntando a qué forma de vida pertenezco. Soy el cálculo resultante de aplicar una proporción a una magnitud de mi sistema macrofísico derivado del sistema microfísico que ocupo.

En otras palabras: soy un núcleo ínfimo de algo tan pequeño y tan inmenso a la vez que no se puede medir. No tengo principio ni fin.

Tomografía por emisión de positrones con fluorodesoxiglucosa. Olvídalo.

¿Te preguntas quién soy? Soy un ser infinitesimal. Soy el punto donde el tiempo y el espacio colisionan.

Donde la oscuridad se hace luz y la luz oscuridad.

Voy a decírtelo más claro: yo soy tú. Tu cuerpo, tu ser, tu sentimiento y tu alma. Un ser translúcido.

Si te duele, me duele. Los dos somos uno.

Nada es lo que parece, pero todo es perfecto.

Padre nuestro, muéstramelo. Cerebro muerto, y mente y cuerpo vivos.

Melancolía ansiosa que nos remite a un tiempo ya pasado, añorado, bucólico, idílico. Yo incluso diría romántico, bohemio, lírico y poético.

Os lo diré por última vez. Yo puedo ser yo contigo mientras tú puedas ser tú conmigo. Yo seré mientras tú seas.

Continuemos juntos o estemos separados.

P. D.: Delirio. Síndrome del muerto viviente.

Para mi primo y padrino, José María Piquer Ferrando, y para su hijo, José Piquer Garrido. Ni yo hubiese podido elegir mejor padrino ni él mejor padre.

MOSCAS

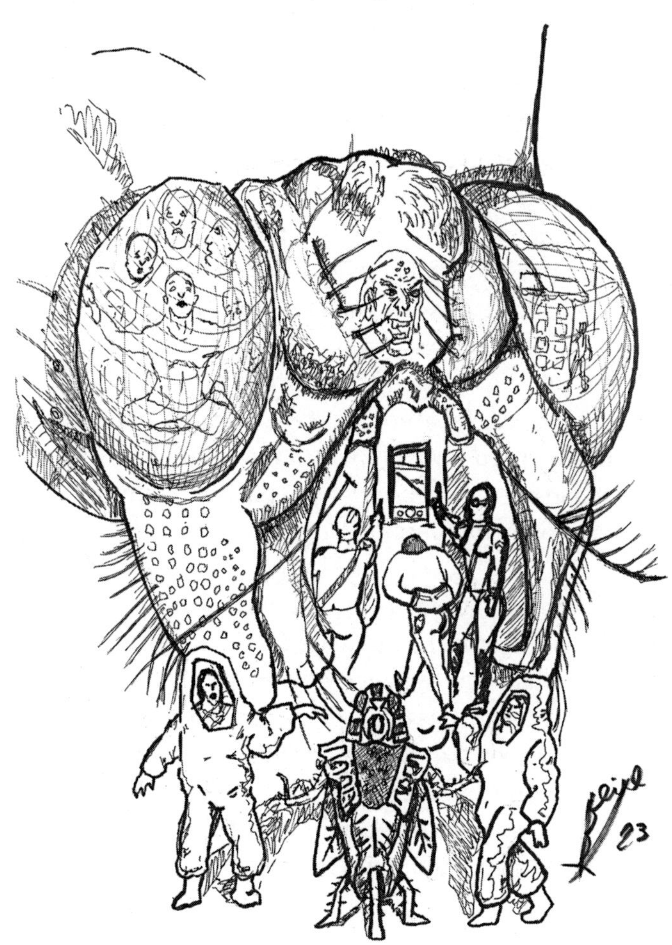

A buen entendedor pocas palabras bastan.

Dicen que cuando no puedes dormir es porque alguien está pensando en ti.

Geriátrico Miramar. Año 2072

—¡¡Enfermera, enfermera, Marta, Marta!!

—¿Qué le ocurre, señor Gilberto? Lo veo desencajado.

—He tenido un sueño, un sueño muy extraño. A decir verdad, he tenido dos sueños, uno entero y el otro solo hasta la mitad, pues me desperté sobresaltado, sudado, con escalofríos y asustado.

»El primer sueño no tiene nada en especial, era un sueño de aspiraciones truncadas. Siempre quise ir en globo, escalar altas montañas, ser ganadero y visitar Nueva York, entre otras ilusiones.

»En verdad es el segundo sueño el que me preocupa. De él solo recuerdo pequeños trazos extraños e inconexos entre sí.

»Te explico, Marta. Nos íbamos de luna de miel.

—¿Quién, Gilberto?

—Mi esposa y yo. Te sitúo, Marta: estábamos en el futuro, no recuerdo el año, pero sería el 2100 como mínimo.

»La sociedad entre hombres y mujeres era totalmente igualitaria, y cuando digo "totalmente" es porque era todo igual, todo al 50 %. Todo.

»El lenguaje, por supuesto, era inclusivo. Ya no había techo de cristal para las mujeres. La mitad de las grandes empresas a nivel mundial estaban dirigidas por mujeres, y la otra mitad, por hombres. La mitad de los presidentes de Estado eran mujeres, y la otra mitad, hombres. Lo mismo sucedía con los alcaldes y alcaldesas. Incluso en tribunales, cátedras, con cirujanos y astronautas. Las tareas más pesadas eran llevadas a cabo por máquinas.

»Bien, Marta, hasta aquí todo normal.

»Pues bien, voy a continuar.

—Continúe, continúe usted.

—Entramos en una agencia de viajes cuyo nombre no recuerdo. Eso sí, había una dependienta y un dependiente, por la ley del 50 %, de igualdad total. Le tocó atendernos a ella.

»Estas fueron sus palabras:

»—Podéis ir donde queráis. No solo podemos viajar por el espacio, sino también por el tiempo.

»Y empezamos a sugerir lugares y tiempos:

»—¿1480. Toledo en la Edad Media?

»—Pero qué quieres, ¿qué Torquemada queme a tu mujer por bruja?

»En eso que dice mi mujer:

»—No pienso viajar a ninguna época donde hombres y mujeres no sean iguales.

»—¿Tienes viajes al futuro? —pregunta mi querida mujer.

»—Os los puedo ofrecer, pero ambos me tendréis que firmar como que la agencia no se hace responsable de vuestra seguridad. Los viajes al futuro aún están en fase experimental.

»—Eso no es problema. ¿Dónde tenemos que firmar? —dice mi mujer.

»—Firmad aquí. En cuanto me firméis el papel, os mando al año 2500. A la ciudad que me digáis. Si existe.

»Aparecimos en Nueva York. La ciudad era tan grande y estaba tan sobredimensionada y superpoblada que ocupaba el estado entero. Solo vimos mujeres.

»En el cielo un proyector nos daba las últimas noticias.

»“Hoy, 14 de agosto de 2500, la ministra de Sanidad y Control Demográfico ha confirmado que quedan reservas de esperma congelado para un mínimo de 2000 años más, y que a partir de esa fecha se podrían hacer clonaciones de este a través de secuencias de ADN. Es por ello por lo que se mantiene la prohibición de tener u ocultar varones bajo pena de muerte. Las matronas tienen la orden de provocar el aborto en cuanto sepan que el feto es varón. Si alguna mujer da a luz de manera clandestina a un varón y se les descubre, serán decapitados ambos".

»No pude oír más, decenas de mujeres me llevaban en volandas, entre ellas mi propia mujer, hacia una guillotina que había en el centro de Time Square. Me metieron la cabeza por un agujero, delante de mí vi un cesto, y en ese momento sentí el chirriar de la cuchilla de acero con forma triangular que caía hacia mi cabeza.

»Y desperté, Marta, desperté.

—Cálmese, señor Gilberto, solo ha sido un sueño, una horrible pesadilla. No hay guillotina, ni matriarcado, ni nada: relájese. Además, por lo que he visto en su ficha, usted nunca ha estado casado y ya tiene 100 años. Está usted mayor, no le conviene coger esos sofocos en balde, no es bueno para su corazón. Si quiere, le puedo pinchar un tranquilizante vía intravenosa y verá como poco a poco se va calmando.

—No, no. No hace falta, enfermera, iré a la biblioteca, cogeré un libro y leeré en el salón de estar. Gracias de todos modos.

—Como usted quiera, señor, cualquier cosa que desee, no dude en avisarme pulsando el botón rojo que cuelga de su cuello en forma de collar.

Fui a la biblioteca del geriátrico y empecé a ojear libros, hasta que uno de ellos me llamó la atención, era de un tal Horacio Quiroga.

Sé muy bien que mi muerte es segura, más mi hora es incierta. ¿Dónde partirá mi alma, errante huésped de mi cuerpo? Si yo lo supiera, sería Dios. Lo que sí sé es que los cobardes agonizan ante su muerte, y los valientes ni se enteran de ella.

Os voy a hacer partícipes de aquella extraña lectura. Todo el libro está en primera persona, como si fuésemos nosotros y no otros los protagonistas.

Esta empieza así:

17

Hospital Clínico Universitario de Valencia
Tercera planta. Pasillo mano izquierda. Habitación n.º 13

Seguía viendo, aun con los ojos cerrados. Mi oído, fino como pocos, escuchaba un zumbido al principio apenas perceptible, pero, con el paso de los minutos, este zumbido aumentaba más y más. Pensé que tendría que ver con una pérdida auditiva, con la edad o tal vez fuera tinnitus.

Despacho del médico de guardia
03.00 horas de la madrugada

—Doctor Castañeda, ¿qué paciente fallecerá esta noche? Tiene cierta fama entre los compañeros de no errar nunca el pronóstico. ¿Cuál es su secreto?

—Nunca se lo dicho a nadie, pues es una larga historia, pero hoy se lo contaré a usted, enfermera Melinda. Eso sí, si me sabe guardar el secreto.

—Seré una tumba, doctor.

—Pues de eso se trata.

—¿Cómo dice?

—Mire, escuche con atención.

Hace más de cien años, mi abuelo estuvo en la ciudad secreta de Tombuctú. Pocos occidentales habían llegado a ella. Y algunos de los que llegaron jamás regresaron. Fue una ciudad prohibida para los europeos hasta después de la Segunda Guerra Mundial. Se le llamaba «la puerta del desierto» y allí había un comercio floreciente, se podía encontrar de todo. Los tuaregs llegaban con sus camellos cargados de todo tipo de riquezas de las que abundaban en los países árabes, y las cambiaban por oro, diamantes y marfil provenientes de lo más profundo de las selvas ecuatoriales.

Mi abuelo se adentró por las calles más estrechas y oscuras del zoco y encontró una vieja y destartalada tienda. Estaba cerrada, por supuesto. Pero empujó la puerta y entró. Bajó una docena de escalones y pareció encontrarse en la cueva de Alí Baba. A la luz de las velas tardó en distinguir la figura de un viejo que debería de tener 120 años, de barba larga y lacia, blanca, muy blanca. Apenas se sostenía de pie apoyado en un bastón.

—¿Qué desea, caballero? ¿No ha visto el letrero? La tienda está cerrada. Además, ¿sabe qué vendemos aquí? Aquí solo vendemos muerte. ¿Acaso usted no tiene suficiente con la suya?

Mi abuelo miró alrededor y vio cientos de objetos arrebujados, algunos en el suelo, otros en una especie de estantes que parecían colgar del techo, también los había en las paredes de barro hasta el punto de que no se podían ver estas.

Vio calaveras, cráneos, crucifijos, dientes de ajos, armaduras, dentaduras, cabelleras, alfombras, anillos.

Botas negras de piel de pesadilla, camisones de mallas, cinturones de castidad de hierro forjado con clavos incrustados, cuerdas mágicas, cadenas.

Espadas de hierro feérico élficas forjadas de una sola pieza, pequeños dragones enjaulados, serpientes dentro de un cesto encantado, pergaminos rúnicos, guantes de seda fina, relojes de arena que medían un tiempo ya pasado.

Le pareció ver el medallón de doña Urraca y la mesa de Salomón. También había un arca de oro con dos ángeles de guardianes, el candelabro de siete brazos con la estrella de David en su base, zafiros, esmeraldas, rubíes y todo tipo de piedras preciosas.

Zurrones sin fondo de los cuales podía salir cualquier cosa, plumas de dinosaurio y animales mitológicos embalsamados. El ojo de santa Lucía. Una corona de espinas. Una túnica roja. Fragmentos de la cruz de Cristo. Un grial de barro cocido y nácar. La mano de Mahoma.

Un niño dentro de un diminuto tubo o probeta llena de líquido azul. El chico no sería más grande que su pulgar, pero, cuando se acercó, abrió de golpe los ojos. Todo ello acompañado de cientos de libros manuscritos e incunables, entre los que le pareció ver el desaparecido *Libro negro de las horas*, de Constanza de Navarra.

Finalmente se fijó en un pequeño ataúd del tamaño de una pitillera.

—¿Qué es eso? —preguntó mi abuelo.

—No está en venta. Nada de lo que hay aquí se vende. —dijo el anciano al tiempo que parecía perder el conocimiento y quedarse abducido. Tropezó con un gamusino que correteaba libre por la tienda y se dio un golpe en la cabeza.

Mi abuelo se afanó en levantarlo.

—¿Qué le estaba diciendo, joven? —dijo aún aturdido.

—Me decía usted que solo puede venderme ese pequeño ataúd —acertó a decir mi abuelo.

—¿Sabe usted que lo que hay en su interior, si lo suelta, predice la muerte? Diez roblones de oro quiero por él. Presumo que no tardará en predecir la mía.

—¿Diez roblones de oro? —exclamó mi abuelo al tiempo que dejaba caer diez maravedíes de bronce—. No tengo más.

—Me vale —dijo el viejo y con el cayado que se apoyaba, una reliquia que debería de tener mil años, con un mango curvo que más bien parecía el cayado de un pastor de cabras, tocó las monedas y, en ese mismo instante y delante de sus ojos, convirtió las monedas de bronce en oro.

Resultó que era la misma vara que había utilizado Moisés para convertir el agua en sangre o para separar las aguas del mar, en su huida de Egipto junto con su pueblo: las doce tribus de Israel.

—Un último consejo, joven: nunca lo abras si no quieres saber quién será el siguiente en morir.

Pasaron los años y yo veía frecuentemente que mi padre y mi abuelo hablaban de una selección, de estar logrando cada vez unos ejemplares con un olfato más fino, mas nunca supe de qué hablaban.

Sabía que tenían algo escondido en la buhardilla, en un lugar secreto, y que parecía que requería de cuidados, como si le subiesen comida a la hora de cenar.

Un día mi padre, quien predijo sin fallar la muerte de mi abuelo, me lo enseñó.

Era un pequeño ataúd, al tocarlo noté cómo vibraba. O estaba vivo o contenía algo que estaba vivo.

Mi padre me dejó escritas unas instrucciones, sabedor de que le quedaba muy poco de vida.

Una vez muerto mi progenitor, mi curiosidad pudo conmigo y lo abrí.

Y era cierto lo que aquel viejo le dijo en su día a mi abuelo: aquello que contenía predecía con acierto infalible la muerte.

—Aquí acaba la historia, Melinda, mas hoy lo he traído conmigo y esta misma noche lo vamos a probar.

Cogimos el pequeño ataúd y lo pusimos en el centro del pasillo. Había un total de veinte habitaciones con un enfermo en cada una de ellas. El pequeño ataúd vibraba y emitía un zumbido. Lo abrimos con sumo cuidado y de su interior salieron moscas. Moscas verdes de rastreo. Seleccionadas con los años. Estas moscas olfatean la descomposición de la carne mucho antes de producirse la defunción del sujeto. Vivo aún el paciente, ellas acuden con su zumbido seguras hasta su presa. Y vuelan sobre ella sin prisa, pero sin perderla de vista, pues ya han olido su muerte. Primero llega una, y a esta le sigue otra, otra y otra. Primero el zumbido es suave para hacerse más intenso cuantas más hay y cuanto más se acercan al paciente, que no tardará en ser un pobre difunto. El zumbido al final es enloquecedor hasta el punto de que parece que se te están colando por los oídos.

—Melinda, este es el método más eficaz de pronóstico que conozco, las he ido seleccionando y quedándome con aquellas que llegan primero, estas tienen un olfato afinadísimo. Son las reproductoras, de este modo voy perfeccionando la especie con el paso de los meses y los años.

Vimos entrar primero una, las conozco por su nombre, esa se llama Sentencia, y luego otra y otra, mientras hacía las anotaciones oportunas. Todas terminaron entrando en la habitación 13.

Terminé de leer, ¿había oído un zumbido? Miré a mi alrededor por si veía alguna mosca. Pero lo que había leído solo era un cuento. ¿O no? Noté una sensación extraña en el cuerpo.

Dicen que solos llegamos y solos nos vamos, pero eso no es cierto: nos vamos cargados de recuerdos, de risas, de besos y de abrazos. No. No nos vamos solos; el día que partimos, un pequeño trozo de todos aquellos que nos amaron también se viene con nosotros.

Después de mis cien años de vida me he dado cuenta de que el tiempo no cura nada. Tremenda falacia. Solo lo enquista en tu mente como un recuerdo. Algo que vuelve a ti de manera recurrente.

Un día me di cuenta de ello, encontré mis sueños rotos en una papelera *dreammorgue*. Allí estaban junto a miles, millones, de sueños olvidados, rechazados, barridos, denigrados.

Me sentí atrapado entre el sueño y la muerte. «¡Marta!», exclamé más bien despacio, no acerté a dar con el botón rojo. Me sentí roto. Me apresuré en volver a la cama. Un zumbido rezumaba en mi oreja. ¿Quién llegará antes, la muerte o el sueño, el sueño o la muerte? Nunca lo supe, pues a mitad pasillo caí dormido para siempre.

Para Lucía Martínez Bosch, quien también sabe lo que es el verdadero amor, pues, cuando amamos a alguien, ya permanece dentro de nuestro corazón para siempre.

AMOR ETERNO

24

22 de diciembre de 2003

Mi amor se fue con Víctor. Caí. Como cayó el Imperio romano, como rodó la cabeza del rey Luis XVI de Francia.

Solo un año después.

Se oyen las noticias por la radio.

«El pasado mes abrió en Barcelona Lumidolls, el primer burdel de Europa donde las chicas han sido sustituidas por hologramas interactivos. Estas responden a todos los sentidos con estímulos efectivos y afectivos».

Tenía la certeza de que compartía mi vida con la mujer perfecta.

Ximo, mi amigo informático, obró el milagro.

Le pasé todo mi dosier de fotos y vídeos que tenía de ella, desde sus tiernos 14 años hasta el día de su partida, a los 26. Gran parte del material lo obtuvo de su fiesta de la Inmaculada en 1998. Sonrisa, gestos, carantoñas y demás detalles de suma importancia para lograr su imagen real.

—Dame una semana —me dijo.

Y me la trajo de nuevo conmigo, otra vez.

Me esperé a que anocheciera para obrar el milagro. Introduje los códigos establecidos y apareció enfrente de mí, salió de la nada.

Luminosa, hermosa, casi transparente, con sus 20 años ya para siempre. Con sus sonrisas de 14 de febrero y la esbeltez de la niña que me acompañó a todas y cada una de las bodas de mis amigos. De ahí la saqué.

—Te quiero tanto, Jesús. Te he echado tanto de menos... Compensaré tu espera con creces, amor mío.

Me quería. Me quería de nuevo. Unas lágrimas rodaron por mis mejillas que ella no tardó en quitarme con besos suaves, tiernos, llenos de verdadero amor.

Su imagen volumétrica, obtenida a través de precisos análisis biométricos de física cuántica y nanotecnología. Su holograma, basado en series optogénicas, en el *big data* IoT. Se trataba de una tecnología convergente. Una sola partícula de energía hacía una sola cosa. Millones de partículas unidas de forma transversal y tridimensional crean universos enteros. Es la revolución 4.0. Tecnología disruptiva y exponencial.

Caída la noche.

Cenamos juntos. Comió más bien poco. Eso sí, respondía a mis miradas con gestos sugerentes. Su voz era sensual, dulce, atractiva. Volvía a ser ella. Sus ojos me miraban con ese deseo de no haber un mañana.

Se puso para esa noche especial su minifalda escocesa a cuadros rojos y verdes, con sus medias negras por encima de las rodillas. Llevaba las ligas, el liguero y el corsé que le compré por San Valentín el pasado año. Y un top insinuante que dejaba entrever sus turgentes pechos.

Activó todos mis sentidos: vista, oído, olfato, gusto y, sobre todo, el tacto.

Empezamos a rozarnos el pie por debajo de la mesa.

Nos saltamos el postre.

Esa noche volví a hacer el amor con ella.

Para Manuel F. A. «El mito de Eros y Psique nos recuerda que no hay belleza sin amor en la mirada del que contempla. A través de ella modelamos lo que somos y condicionamos el mundo que pisamos».

EL SILENCIO DE LOS LOCOS

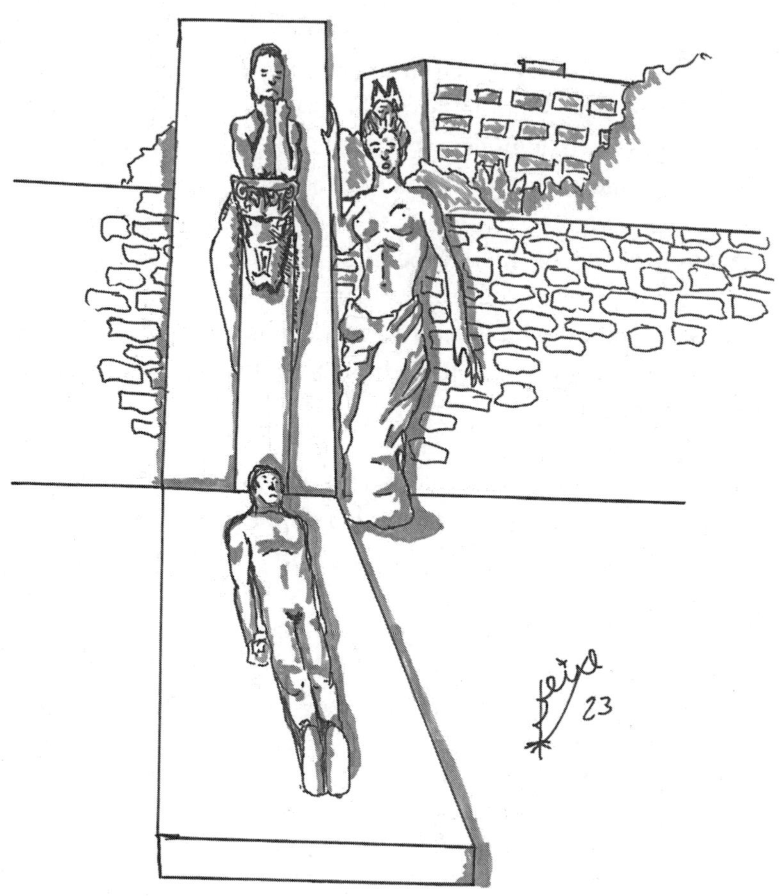

Aquí, desde mi ciudad bendita, empiezo a leer a un tal Charles Baudelaire, poeta precursor del simbolismo parnasiano modernista. Siempre a la vanguardia y por ello poeta maldito donde los haya. Profeta proscrito profanador de arcanos. Perturbador. Provocador. De los que a mí me gustan. Capaz de ver el mal en las propias flores. Enterrado sin flor alguna en el cementerio parisino de Montparnasse.

¡Qué admirable día! Sucumbo ante la mirada abrasadora del sol, como en su día sucumbí a los efluvios de tu amor, pues algunos nacemos diferentes, miramos las estrellas y pedimos mil y un deseos. Nos gusta la lluvia, los atardeceres y la poesía del silencio que fluye de nuestras miradas. Nos gusta soñar y sentir cómo estos sueños vibran en nuestro corazón.

Y aquí, desde mi ciudad bendita, desde mi nueva morada, canto a lo efímero mientras presencio el éxtasis universal de las cosas. Y aquí no hay ruido alguno, hasta las aguas permanecen dormidas. A diferencia de la fiesta humana, la mía es una orgía silenciosa.

La luz de un nuevo día da a las cosas un centelleo cada vez mayor. Las flores se excitan y arden en deseos de rivalizar con el propio cielo por la energía de sus colores. El calor. El calor pegadizo y plomizo hace visibles hasta los perfumes. Los levanta a través de humaredas con destino a nuestro olfato.

Y entre tanto goce universal, yo soy un pobre loco afligido a los pies de mi Venus colosal. Sí, a tus pies, mi amor. Y por ti soy un bufón, un hastío, un emperejilado brillante y ridículo. Eso sí, tocado por tus cuernos, victorianos dignos del más bravo de los Victorinos. Y además con los cascabeles de bufón.

Por ti vivo acurrucado junto a tu pedestal, ese que alcé majestuoso en honor a tu memoria. Diosa de las almas perdidas. Perdidas entre dioses. Escúchame, Brona. Por el día pienso contigo y por la noche te sueño. Y todas las mañanas me levanto con timidez al sentir los ojos arrasados de lágrimas.

Y sí. Soy el último. El último de los locos. El más solitario de los locos, privado del amor, privado de ti. Y aún siento en mí tu belleza. Ten piedad por un momento de mí, de mi tristeza, de mi delirio, de mi locura presta.

Mas tú, mi amor, Venus implacable, me miras a lo lejos con indiferencia, con los labios sellados y los ojos de mármol que por mí ni pestañean.

Y mis amigos comentan:
«Se le habrá inflamado la membrana cerebral de tanto pensar en ella», Antonio Badia.
«Eso es encefalitis. Fiebre cerebral. Desalineación mental», Javier Alcover.
«Yo diría que es frenesí. Frenesí», Juan Antonio Llopis.
«Desvaría. Pobre Jesús, desvaría», José Alcover.

Y yo, desde mi locura, os miro a todos con ojos que ya no son míos. Oscuros. Sin brillo. Ceñudos. Y de mis labios salen frases descompuestas. Inauditas. Expresiones poéticas imaginativas y extravagantes.
Y, aun así, florecen de mi boca palabras de amor que acarician vuestros oídos.

Me fundí en un sueño de plomo. Como una bestia con los ojos vendados haciendo girar la rueda de molino. Duermo descalzo en el interior de un sepulcro abierto que encontré vacío. Y me conformaría con solo un instante tuyo, con una mirada de amor, aunque durase un solo segundo.

Despierto, o no, de mis ensoñaciones y continúo andando por las calles de esta mi ciudad blanca y bendita. Me llaman al teléfono, descuelgo y oigo de nuevo tu voz. Me distraigo y tropiezo con alguien. Y ese alguien eras tú, mi amor. Mis ojos se fijan bien y, no, había tropezado conmigo mismo. Solo era yo delante de mí. Un yo ilusionado disfrazado de ti. Un espejismo. Un sueño. Bruma de un deseo anhelado constantemente hasta la exageración. Hasta la locura.

Y me tumbo en el suelo y sostengo tu mirada en mi mente. Hipnotizándome. Pero ¿en realidad eres tú o solo es tu reflejo visto como se ve un espejismo en el cristal de un escaparate?

Me levanto y ando dando tumbos por la calle. Un hombre mayor duerme sobre un banco, esquivo a un perro muerto. Aprieto los dientes y sigo andando. Y dentro de mi locura me doy cuenta de que ahora soy libre. Tengo la libertad de la soledad y la seguridad de que, al no ser comprendido, nadie tratará de controlarme.

Y sí, mi amor, te hice inmortal. Pues en aquellos días pasados, cuando el temblor inocente de tus labios rozaba los míos, nos sentimos inmortales. Nos creímos dioses del Olimpo.

Por eso subí la montaña santa y allí te balbuceé:

—Amor mío, tu voluntad es mi ley. Soy tu criatura y te debo cuanto soy. Muéstrate.

Y aún espero tu respuesta. Pasaste de largo, así como la niebla cubrió con un espeso velo tus recuerdos. Me olvidaste. Me ignoraste. De nuevo. Otra vez.

Y te grité:

—Soy tu ayer, tu primer anhelo, tu primer beso, tu primer amor.

Y solo obtuve el silencio por respuesta. Qué importa el primer amor, en todo caso, importa el último.

«¿Qué consuelo puede haber para mi amor, mi deseo y mi pasión?

«¿Quién aplacará mi fuego?

«¿Qué mujer podrá adueñarse de mi corazón?

Y en el manicomio de mi ciudad bendita mora el silencio, pues nadie oye mis súplicas, nadie me responde. Y allí permaneceré por siempre inadvertido e inabordable, pues en mi mente moran sombras purpúreas. Y te sigo cantando, desde la oscuridad de mi soledad, canciones en las que tú subes al cielo al tiempo que yo bajo a los infiernos. Pues infierno no solo hay uno. No. Hay muchos. Cada día uno nuevo, diferente. Y tengo miedo, pues allí anidan cuervos negros sobre mi cabeza, y ponen huevos que al estallar inundan mi cabeza con todas estas ideas.

Ahora entiendo que ser entronizado es ser esclavizado. Y ser comprendido es ser derrotado. Así como ser amado es ser apresado, y eso es lo que me hiciste tú a mí. Me apresaste por siempre.

Y ahora solo me queda soledad y aislamiento.

Hasta que, por fin, una noche, mientras el silencio de los locos envuelve el mundo, yo caminaré dormido envuelto en mi particular velo de niebla, envuelto de mi ego vacío y mudo, y miraré mi futuro atisbando la nada, eso sí, desde aquí, desde mi ciudad bendita.

PSIQUIÁTRICO DE BÉTERA. PROVINCIA DE VALENCIA

Para María Pérez Albacete. Un sueño maravilloso.

Me llamo Talos. Soy un ciborg modelo XT/20. He sido creado por robots de segunda generación. Me insertaron estructuras cartilaginosas, óseas y musculares estables. Regenero tejido funcional al tiempo que desarrollo un sistema de vasos sanguíneos. No envejezco. Soy eterno.

Mis padres eran replicantes. Su funcionamiento por reacciones químicas moleculares en vasoconductores con disoluciones acuosas hace tiempo que quedó obsoleto. Por entonces, se utilizaban técnicas invasivas que hoy en día han quedado muy anticuadas.

Soy capaz de sentir sin necesidad de sensores. Poseo transductores neuronales conectados directamente a los polímeros de mi cerebro.

Poseo inteligencia artificial con un coeficiente IQ de 3 billones, lo que es equivalente a 170 sabios teracnoides.

Soy capaz de transferir pensamientos y de que vuestro subconsciente los reciba sin apenas percibirlo.

Mirad, os lo voy a demostrar. Aquí os dejo el título de diez relatos:

1. EL BUSCADOR DE MENTIRAS
2. EL CLUB DE LECTURA
3. WONDERFUL DREAMS
4. ÉGIRA
5. EL PACTO
6. CRISTABEL
7. LA BARDA
8. GUACAMOLE
9. KRAKEN
10. NO LE PREGUNTES NUNCA A ROBERT LINUS

Prestad atención, os narraré aquel que escojáis, y para ello os propongo un desafío.

El relato escogido será el que coincida con el resultado de la operación que os voy a proponer.

1. Pensad un número del 1 al 10.
2. Sumadle 5.
3. Multiplicad el resultado obtenido por 2.
4. A lo que os dé restadle 4.
5. El nuevo resultado obtenido lo dividís entre 2.
6. Y al número que obtengáis le restáis finalmente el que habíais pensado.

WONDERFUL DREAMS

Barcelona. Año 2052

VIERNES

Era un frío viernes de noviembre. Miraba a mi alrededor mientras viajaba en tren a mi trabajo. Odiaba mi trabajo. Solo la ilusión de ver cada día a Lara me daba las fuerzas suficientes para levantarme. El mundo se había dividido en dos y la diferencia entre unos y otros era evidente. Los pasajeros que se habían hecho el tratamiento lucían una enorme sonrisa mientras se dirigían a sus trabajos. Eran ya la mayoría. Los pocos que quedábamos normales teníamos caras largas y depresivas.

Me asomé por la ventana del tren, el anuncio estaba en todos lados, era omnipresente.

«Wonderful Dreams, la fábrica de tus sueños. Dibújese una sonrisa. Deshágase de esos deseos imposibles que tanto le martirizan. Disfrute de su vida al máximo convirtiéndola en un nuevo sueño».

También se oía constantemente por megafonía, y la publicidad se repetía continuamente en las múltiples pantallas que había a lo largo de los vagones del tren.

Wonderful Dreams, wonderful Dreams, la melodía se me había clavado en la mente mientras andaba por la acera hacia mi empresa Wal-Mart, una filial de la multinacional ExxonMobil, propiedad de un grupo de accionistas minoritario a los que se les apodaba «el Sanedrín».

Al principio hubo cierta resistencia: no todos deseaban que les borrasen los sentimientos, los recuerdos, las ilusiones, por desmedidos que fueran. Preferían aferrarse a la nostalgia y a logros más efímeros. Pero con el paso del tiempo, hasta los más escépticos veían que aquellos que se sometían al tratamiento vivían más felices, trabajan alegres y sonreían, siempre sonreían. En cambio, el resto seguía suspirando y quejándose por no alcanzar sus metas y objetivos.

—El sábado me haré la intervención —dije nada más llegar a la oficina.

—No. No lo hagas —me dijo Lara.

Lara era una chica que siempre me había gustado. No era solo su físico, que también. Era una bonita morena con el pelo corto. Pero lo que realmente me conquistó de ella fue esa perspicacia que tenía, y su mirada, que me levantaba el ánimo en los días más tediosos. Era inteligente, lista. No se dejaba llevar. Pero, al igual que yo, aborrecía su trabajo.

Ya me había decidido a invitarla a cenar la siguiente semana. Estaba coladito por ella. Y entre nosotros dos había algo especial. Ella parecía corresponderme. Con su minifalda y sus medias de tira negra, no pasaba inadvertida en la oficina.

—Ya lo he decidido, Lara: el lunes regresaré como un hombre renovado.

—Y ¿qué pasará con tus ilusiones, Jesús? Con tus libros, tus relatos...

Mi vista se perdió en el vacío. Estaba decidido.

SÁBADO

El sábado me levanté temprano. Puse todos mis libros, cientos de ellos, en grandes bolsas de basura negras. Y quemé mis relatos. Total, ¿quién los lee? Nadie. Cuando regrese, ya nada de todo esto me hará falta.

Me dirigí a Wonderful Dreams, esa solo era una empresa más del oligopólico *holding* empresarial que dominaba la economía mundial.

Nada más llegar encontré una cola de cientos de personas esperando a que los trataran. La intervención quirúrgica era rápida. En apenas diez minutos te dormían e inyectaban un nuevo deseo.

En mi caso fue ser un administrativo feliz en la Walt-Mart, mi empresa. Ese sí que era un sueño fácil de cumplir. Salí feliz con mi sonrisa y me crucé con otros miles de personas que lucían mi misma sonrisa.

Ahora ya solo pensaba en mi trabajo. Era parametreador de pequeñas divergencias y trabajaba en un pequeño cubículo de la empresa. De ser el trabajo más monótono y aburrido que podía existir, ahora para mí se había convertido en el germen de mi felicidad.

LUNES

El lunes cogí el tren hacia mi empresa y ya era uno más. Al entrar en el trabajo, mi sonrisa evidenciaba que me había sometido al tratamiento.

Wonderful Dreams lo había vuelto a lograr. Mas Lara solo veía sonrisas vacías en todos los rostros de los empleados a los que se le había insertado un sueño.

Me miró y notó que faltaba algo en mi mirada. Algo por no decir todo. Faltaba esa chispa que transmitían mis ojos al mirarla. Faltaba amor por la vida, por la poesía, por la rebeldía.

Mi mirada carecía de ese sentimiento romántico que le daba sentido a la vida.

Me miró. Le sonreí. Pero no con una sonrisa de verdad. Solo era una sonrisa con la boca, artificial, vacía. Mis ojos, en cambio, denotaban y transmitían tristeza. Ya no había para ella magia alguna en mi mirada. Ni tan siquiera me fijé en sus exquisitas medias de rejilla que realzaban sus caderas.

Se acercó a mi cubículo de trabajo y abrió el primer cajón. Allí guardaba yo mis cuadernos llenos de poesías, poemas de amor que ella me susurró al oído para ver si podía al menos por un segundo devolver ese ser que un día fui.

En cambio, le dije:

—Lara, ¿no me ves? Ahora soy feliz. Tengo todo cuanto deseo.

A lo que ella me respondió:

—Nada. No tienes nada. Parece que ya no deseas nada. Solo eres un autómata que no piensa más que en trabajar. Te han lavado el cerebro, Jesús.

—Claro que deseo. Deseo mi trabajo. El trabajo me da la vida. Ahora soy verdaderamente feliz. —A lo que añadí tajantemente—: Deberías ir tú también, Lara. Mírate, estás triste. Trátate y de inmediato verás todos tus sueños cumplidos.

—Ahora mis sueños ya jamás van a poder ser cumplidos, Jesús.

—Eso es lo que piensan todos antes de ir, pero luego todo es diferente. ¿O es que no nos ves, Lara?

—Y tanto que os veo. Y ¿qué ves ahora tú en mí?

—No sé, Lara. Te veo retraída, pensativa, ausente. Algo te ocurre que no te deja ser feliz. Pero todo tiene solución, y la solución no es otra que ir a Wonderful Dreams.

Para Lara la fábrica de los sueños Wonderful Dreams no era más que una maldita pesadilla. Wonderful le había robado a su amor. Ya no había miradas furtivas entre los dos. Ni poemas de amor sobre su mesa. Había desaparecido para siempre esa mirada cargada de ilusión.

Sería esa misma tarde. Lara ya estaba decidida: ella también iría a Wonderful Dreams, a la fábrica que había roto todos sus sueños.

El edificio era gigantesco. Enorme. Altas paredes de vidrio parecían extenderse hasta el cielo. Su imagen corporativa se reflejaba por todo lo alto, largo y ancho de su fachada. Todo eran sonrisas. Sonrisas de modelos. Sonrisas que parecían no acabar nunca. Ahora bien, a los ojos de Lara, esas solo eran unas sonrisas artificiales y grotescas.

Ingresó diciendo que se iba a someter al tratamiento. Una vez dentro, se dirigió hacia las oficinas centrales tratando de evitar las cámaras de seguridad que vigilaban los largos pasillos.

En eso que se oyó:

—Alto ahí. Esto es una zona restringida —dijo un guardia.

—Yo venía a que borrasen mis sueños y a que me hicieran desear ser la mejor y más feliz administrativa de la empresa Walt-Mart, que forma parte del oligopolio Imperium.

El guardia se relajó en ese momento y la miró con una gran sonrisa y ojos vacíos, momento que aprovechó Lara para asestarle un fuerte golpe en la nuca que lo dejó aturdido en el suelo.

Lara siguió despacio por los pasillos hasta llegar a una enorme sala donde ponía «Dream Store» ('almacén de sueños'). No encontró vigilancia alguna y entró. Allí vio miles de archivos y ordenadores interconectados. Todo ello era una enorme sala monitorizada con cientos y cientos de pequeñas pantallas del tamaño de un reloj. Cada una de ellas controlaba a una persona de las que se había hecho el tratamiento. Más que seguir sus pasos, esos monitores se los inducían. Enfrente vio una torre con diminutos cajones donde permanecían a la espera de nuevos usuarios todo un conjunto de sueños sintéticos clasificados por ramas y sectores empresariales. Eran sueños vírgenes preparados para inyectarse a nuevos pacientes.

Volvió a fijarse en las pequeñas pantallas del tamaño de una caja de cerillas. Había miles. Todas ellas reflejaban la imagen a tiempo real de su propietario y debajo de ellas aparecía un número de identidad.

Se acercó dispuesta a destrozarlo todo, pero se paró en seco al fijarse en uno de los últimos, de los más recientes. Llevaba la fecha de intervención del sábado anterior y por la diminuta pantalla logró ver a Jesús justo cuando se disponía a cenar en su casa.

Lo arrancó de cuajo de todos los cables donde estaba conectado; un estallido y la cámara se apagó. No le dio tiempo a más; en ese momento unos vigilantes se abalanzaron encima de ella. Se desmayó del golpe. Y, cuando despertó, estaba atada de pies y manos a una camilla y enfrente de ella tenía a un científico de bata blanca y enormes anteojos. Se le acercó y le inoculó un líquido verdoso justo en el lóbulo parietal derecho del cerebro.

—Lo que vosotros hacéis aquí es una aberración. Solo repartís falsos sueños, los vuestros. Lo único que hacéis es enriqueceros a costa de manipular nuestras mentes, pues solo a vosotros pertenecen. Todo es una enorme mentira, como falsas son todas y cada una de las sonrisas. Habéis robado los sueños de la gente, sueños de verdad, sueños ilusionantes, sueños a lo grande, sus propios sueños. Y ahora no son más que autómatas autodirigidos, esbirros a vuestro servicio.

Empezó a ver borroso al doctor, este reía sonoramente mientras parecía no oír ni una sola palabra de la nueva paciente. A través de su ficha no habían tardado en averiguar su puesto de trabajo, y le inyectaron un sueño referente a él. Todos estábamos fichados y uno detrás de otro iríamos cayendo en sus redes. Los tratados aumentaban en todo el mundo de manera exponencial al mismo tiempo que aumentaba la riqueza, el poder y el dominio sobre el mundo de la cúpula dirigente.

Lara despertó con una sonrisa. Una gran sonrisa de oreja a oreja. Sentía que sus sueños se habían realizado. Se sentía feliz de ser una administrativa que parametrizaba divergencias en su ahora amada empresa Walt-Mart ExxonMobil.

MARTES

El martes a primera hora de la mañana nada más verla me abalancé sobre ella.

—Lara, Lara. Tenías razón: estaba lobotomizado. Todo era una tremenda mentira. No era más que un autómata. Me tenían controlado.

»Pero ayer pasó algo extraño y, justo cuando me disponía a cenar, de repente, noté como una desconexión y desperté de este maldito sueño al que me habían inducido. De nuevo volvieron a mí todas las ilusiones.

»Amor mío, no voy a esperar más para decírtelo. Te quiero. Te quiero con todas mis fuerzas. Y ahora nos iremos de aquí. Lejos. Muy lejos. Viajaremos a un lugar donde no nos controlen, encontraremos algún tipo de resistencia y dejaremos atrás este mal sueño.

La miré. Sonreía.

—Jesús, no sé de qué me hablas. Yo ahora soy feliz. He realizado todos mis sueños e ilusiones. Mi único interés es continuar aquí. Soy muy feliz en esta maravillosa empresa, pues realizo la labor que más me gusta: parametrizar divergencias.

Alzó la vista y me miró con ojos tristes pero con una sonrisa renovada.

Vacía.

Para mi fiel y leal amigo Enrique Ruiz Gimeno.
Nuestra amistad va más allá. Es una
cuestión de honor, fidelidad y gratitud.

WONDERFUL LIVE

Hace ya muchos años me contaron una historia. Fue una gélida noche de febrero. En un pueblo perdido en pleno corazón de la sierra de Espadán. Una de las últimas estribaciones del sistema Ibérico antes de encontrarse con el mar Mediterráneo.

Fue una buena amiga de nombre Minerva quien me contó una historia que a su vez, según ella, le había contado o leído un tal Josep María, último y verdadero autor de este relato que ahora a mí me toca narrar.

Sus ojos negros como el abismo se fundieron en mi mirada y me fueron cautivando a medida que me contaba el relato.

No me preguntéis al respecto. Solo os diré una cosa antes de empezar, pues si algo sé es que todas las historias son ciertas y esta dad por seguro que lo es.

Cada paso que doy retumba como eco en un pasillo vacío. Suelo gris. Estómago revuelto. Migraña. Fiebre y miseria. Mis ojos yacen hundidos, vacíos. Ojos de pez muerto.

Una sábana de plomo se funde en mi mente, cae como una losa en mi vida. Tu voz aún mordisquea mi vientre. Y yo sigo solo, vacío. No queda nadie, pues nadie hay si tú no estás. Llueve, lluvia ácida y negra. El destino es sinuoso. Me esperan los brazos de la oscuridad abiertos. Sueños inciertos. Lazos rotos. Cuerpos enterrados ayer y hoy. Destellos de lucidez y tinieblas.

Veo cenizas negras en campos llenos de sangre. Oscuros fuegos. Sombras escapando de la noche. Amantes muertos como nonatos abortados. Veo un apocalipsis ya anunciado. Veo a Cristo llevando su cruz camino del calvario.

Aun así, la vida es maravillosa. Maravillosa. Y más vale reír que llorar.

Y esta y no otra es la historia que os voy a contar.

Teresa está apoyada en el alféizar de su ventana; asomada a la repisa, anhela ver a su enamorado.

Todos los días, a la misma hora, lo espera con el corazón en un puño. Pero, desde hace unos días, Ricardo, el amor de su vida, no le regala los oídos con esas galanterías que a ella le erizan el vello de pura emoción. De hecho, no le dice nada, pasa sin siquiera mirarla y sigue su camino sin detenerse. ¿Acaso será que ya no la ama?

Hoy, cuando pase junto a su ventana, será ella quien le lance un piropo, una lisonjería. Lo ha leído en un libro de rimas y leyendas, de hermosos poemas de amor de un tal Gustavo Adolfo Bécquer. Y, aunque le ha costado lo suyo, se lo ha aprendido de memoria. Aun así, teme que los nervios la traicionen, por lo que no deja de ojear ese corto pero precioso texto que lleva escrito en un pedacito de papel que sujeta entre las temblorosas manos.

Se hace tarde y Ricardo no aparece. Desde su ventana, Teresa puede ver la plaza del pueblo y la calle del Calvario, el sitio en el que se conocieron. Pero no, no lo ve. Y empieza a oscurecer. Pocos son los que se atreven a andar por la fría calle ese martes oscuro de invierno. Y eso que solo son las ocho.

«Las ocho, ¿las ocho? A ver —piensa Teresa, y se dice a sí misma—: ¿Es a las ocho de la tarde o a las ocho de la mañana cuando pasa Ricardo por mi ventana? Claro. ¡Qué tonta! Me he equivocado de hora. Es por la mañana cuando pasa por aquí, cuando va hacia su trabajo. ¿Cómo he podido equivocarme de este modo? Si es que llevo unos días con la siesta y, cuando me levanto, pierdo la noción del tiempo, y a veces no sé si es por la mañana o estamos ya en la tarde.

«Ahora entiendo que pasara de largo. Pobre. No era él. Sería otro chico que se le parece. Si por lo menos llevara puestas mis gafas, esto no me sucedería. Pero qué le vamos a hacer, soy tan presumida. Seguro que debo de llevar varios días asomándome a las ocho de la tarde pensando que eran las ocho de la mañana.

»¿Qué habrá pensado mi querido Ricardo cuando, al pasar junto a mi ventana, no me ha visto esperándolo? Se habrá llevado una gran decepción. Pobrecito. Y yo que ya había empezado a pensar que se había olvidado de mí... Podría haberme llamado para interesarse, pero, como es tan tímido... Aunque conmigo no lo es. ¡Las cosas que me dice! No sé de dónde se las saca. Me hace hasta ruborizar, y mira que yo no soy precisamente una mojigata. Es un desvergonzado, pero me encanta que lo sea cuando estamos a solas. Pues, para eso somos novios. Porque somos novios, ¿no? Ay, ay, ay, ahora no sé si somos novios o si solo es un pretendiente. Cuando lo vea, se lo preguntaré».

—¡Teresa, Teresa! ¿Otra vez asomada a la ventana? Vas a pillar un resfriado. Y, además, te he dicho mil veces que no molestes al vecindario. ¡Ven al comedor! La cena ya está servida y aún se te enfriará.

—Pero, mamá, si no hago nada malo. Solo miro por la ventana para ver si veo pasar a Ricardo. Sí. Sí. Ya sé que casi son las nueve de la noche. Pero es que me he equivocado de hora, qué quieres que te diga. Y, mamá, no pongas esa cara, que equivocarnos nos podemos equivocar cualquiera, digo yo.

—¿Ricardo? ¿Qué Ricardo, querida?

—¿Cómo que qué Ricardo? Pues ¿quién tiene que ser? Ricardo, mi novio. ¿Quién va a ser si no? Bueno, la verdad, ahora mismo no sabría decirte si es mi novio o solo uno de mis pretendientes.

—Teresa, cariño, que tú no tienes novio ni pretendiente alguno. Y deja de llamarme mamá, por favor.

—Pero ¿por qué no puedo llamarte mamá? ¿Es que ya no te gusta?

—No es que no me guste, es que ni soy ni podría ser tu madre.

—Pero ¿por qué me dices eso? No me asustes.

—Ay, querida, pues porque, entre otras cosas, si lo fuera, tendría ahora mismo más de cien años.

Y Teresa, suspirando porque se cree incomprendida, cierra la ventana y se dirige al comedor. Después de cenar, anotará en su diario como cada noche sus aventuras amorosas y de paso buscará entre sus notas a Ricardo; así sabrá qué hay de verdad entre ellos.

En la cocina, Helen, la joven chica que es su cuidadora, también suspira esperando que Dios, al menos a ella, le conserve la lucidez hasta el último segundo de su vida.

P. D.: Y tras contaros esta historia, con la tenue luz amarillenta de la mesita de noche que ilumina la cama, me voy. Con el silencio de los que años atrás tuvieron una voz. Sin rencor en el alma, con el rostro difuminado en la penumbra por efecto del contraluz.

Para Juan Luis Santamaria Juan. Mi compañero de pupitre durante los ocho años de la EGB en el Colegio de Frailes Franciscanos San Lorenzo de Brindis. Brindo por ti, amigo.

EL GUARDIÁN ENTRE EL CENTENO

Me llamo Holden. Igual que el protagonista de la famosa novela de J. D. Salinger *El guardián entre el centeno*.

Os voy a contar algunas anécdotas, historias, o como diablos queráis llamarlas, que me pasaron en la niñez, adolescencia y en la actualidad. Os aviso de antemano: estoy lleno de manías, obsesiones, chifladuras, extravagancias, rarezas y caprichos. Soy un fetichista de las cosas más raras que os podáis imaginar. Que conste que os he avisado.

Además, seguro que os aburro, aunque no tanto como mi hermano mayor, Jesús P. B. ¡Pues no se cree que es escritor...! ¡Será flipado el tío este, que se cree Ken Follett!

A todo esto, solo ha escrito no sé qué de unos sueños perdidos u olvidados. Él sí que está perdido. Pues no se ha ido a un pueblecito de montaña para escribir en soledad... Todas las cabras tiran al monte.

¿Quién se cree que va a leer todas las chorradas que escribe? Nadie.

Bueno nadie, nadie. Ahora parece que ha tenido algo de éxito con su última novela: *No le preguntes nunca a Robert Linus*. Me ha dicho que lo han llamado para una entrevista en televisión. Y que lo habían llamado de la editorial Planeta.

Pero vamos a dejar de hablar de él y mejor nos vamos a centrar en mí. Acabo de abandonar mi último trabajo, y eso que hace dos años que estaba allí. Yo suelo abandonar todos los trabajos, los acabo aburriendo o algo por el estilo.

No es por echarme flores, pero soy un chico bastante atractivo, un verdadero Apolo: guapo, interesante y enigmático. Aunque, debido a mis traumas del pasado, me cuesta iniciar una relación. Me gustan las chicas, pero arrastro cierta timidez desde la infancia, así como algunos complejos.

Por eso me cuesta menos escribir las cosas que hablarlas.

Abandoné mi puesto de trabajo, ya no pienso regresar. Y hace un frío que me congela hasta el cerebro.

¿Sabéis lo que hice tras dejar mi puesto de trabajo? Me metí en un cine. Echaban un par de películas de terror de serie B, ese cine comercial de bajo presupuesto, sin ambiciones artísticas y desinhibido de convencionalismos. Cine para pasar el rato y no morirse uno de frío. Salí tras ver la primera película, menudo rollo matutino.

Supongo que no os importa en absoluto la película que vi o dejé de ver, pero, como no tengo otra cosa mejor que hacer, os la voy a contar. Apenas éramos diez personas en el cine, todos seguros refugiándonos del maldito frío del carajo que hacía fuera. Me metí y me senté en última fila.

La película se titulaba *Crisálida*.

Había caído la noche y Mara no pudo más. Se recostó en el suelo, pues de su cuerpo resbalaba lentamente un líquido amniótico de un color amarillo macilento. Su piel porosa emanaba una pátina viscosa con tonos cremosos similar al pus. Su mirada ausente reflejaba el proceso de cambio que estaba sufriendo.

De entre las piernas brotó un cuerpo carnoso de forma anillada, como consecuencia del esfuerzo vascular, la placenta se derramó por el suelo. Mara, desnuda y pringosa por la secreción de líquidos con tonos caramelizados, empezaba a perder el conocimiento a causa del agudo dolor. Estaba gestando y pariendo a un ser sombrío. Era todo esquizofrénico.

Directamente desde su útero seguía floreciendo una extraña forma de vida y Mara se iba envolviendo lentamente dentro de un capullo cual larva argentada repleta de flujo viscoso. Mara estaba gestando vida de forma descontrolada. Pero no una, muchas y variadas.

Una capa mohosa se iba extendiendo por el suelo. Los seres que brotaban de su vagina empezaban a aumentar de diámetro a medida que le iban desgarrando el vientre conforme asomaban entre sus piernas.

Poco a poco unas pequeñas protuberancias con tentáculos minúsculos y rosáceos se movían frenéticamente de forma serpenteante a lo largo y ancho del frío suelo.

De estos tentáculos supuraba el líquido pegajoso y este empezaba a cubrir gran parte de la desierta calle. A lo lejos alguien la vio. Era una pareja de novios que estaban comiéndose a besos en un banco de piedra a escondidas y al amparo de la negrura de la noche, justo debajo de una farola fundida.

Cuando llegaron hasta Mara, ya estaba muerta. En cambio, una extraña forma de vida se deslizaba ante ellos. Al sentir el calor de la presencia, los minúsculos tentáculos del ser se elevaron del suelo y empezaron un baile frenético. Por un orificio situado en su extremo empezaron a salir esporas con forma de diminutos gusanos babeantes. Un ejército de esporas salió expulsado con furia mientras los tentáculos no cesaban con su sinuosa y electrizante danza.

Un aura polvorienta de textura humeante envolvió sus cuerpos. Rebeca, la joven, empezó a toser, había inhalado

esporas tóxicas y se sintió mareada al instante. Pequeñas gotas de sangre resbalaban por su nariz. Hugo, su novio, la llevó hasta el hospital más cercano, donde narró lo ocurrido.

—¿Habéis bebido algo, chicos? ¿Habéis tomado algún tipo de droga o estupefaciente? ¿Setas, alucinógenos tal vez?

En ese momento Rebeca empezó con convulsiones. El huésped ya la había invadido. Se trataba de un organismo parasitario. En pocos minutos, y ante la perplejidad de los doctores, un nuevo ser empezaba a nacer dejando sin vida a Rebeca. El ordenador al que estaba conectada mostró una fina línea recta que certificaba su muerte.

De nuevo, los tentáculos se alzaron e iniciaron su baile demencial. Una eclosión de esporas tuvo lugar y estas salieron disparadas hacia las fosas nasales de sus nuevos huéspedes, en décimas de segundo, se incrustaron en lo más profundo de sus cavidades nasales.

Gritos de dolor y espasmo empezaron a invadir las distintas salas del hospital. Chorros de sangre emanaban de sus narices. Espuma blanca y muy espesa brotaba de las bocas de las nuevas víctimas mientras en sus ojos, inyectados en sangre, se coagulaban sus córneas de un color rojo intenso.

Para entonces el infierno en la tierra ya se había desatado. Los hombres, inmunes a este virus colonizador, veían como sus mujeres eran preñadas por este parásito mutante.

Eso solo fue el principio del fin.

Pues bueno, esa fue la película que vi. No hace falta que la veáis vosotros, fue un tostón, pero por lo menos me quitó el frío por un par de horas.

No tenía nada de ganas de ir a casa. Me abroché el abrigo y me puse el gorro en la cabeza para mitigar el maldito frío. Y me decidí a dar una vuelta por el centro.

Ahora os estaréis preguntando por qué dejé mi trabajo después de dos años. Pues lo dejé porque no podía soportar trabajar ni un día más allí, y lo de esta mañana ya ha sido el colmo.

Como os veo interesados en saber qué pasó, os contaré lo que me ha ocurrido hoy nada más llegar a mi puesto de trabajo.

Antes de salir de casa me he puesto mi perfume atalcado, seco, sin dulzor, casi como a tiza. Este perfume me remite a mi mundo infantil, a unos años de inocencia que más tarde también os contaré.

Pero, vayamos con lo primero: ¿qué me ha pasado hoy en mi trabajo?

> De porte altivo, recto como un palo y carente de conversación, apareció una mañana para no irse, o al menos eso creía yo. No recuerdo el momento exacto en que ocupó aquel lugar junto a mi mesa, ni a partir de cuándo se convirtió para mí en una obsesión. Era mi perchero y nadie me lo arrebataría.

Inexplicablemente, el influjo que emanaba aquel trasto de madera me había hecho cambiar, al principio de modo imperceptible, pero con el paso del tiempo de manera bastante notoria, a lo largo de mis dos años de trabajo hasta el punto de que me había hecho ser una persona totalmente distinta. Poco quedaba de aquel Holden jovial que disfrutaba de los chascarrillos matutinos y de los cafés con los amigos. Ahora yo era un ser parco, gris, receloso, que solo vivía por y para aquel perchero. Nadie me escuchaba como él, nadie me comprendía tanto, ni nadie me daba tanto como aquella madera pulida y envejecida. Él me recibía y me despedía cada día sin pedirme nada más que su compañía.

«Mi perchero, mi maravilloso perchero», susurraba yo mientras media milimétricamente la distancia que separaba el perchero de mi mesa. No admitía ni un centímetro de desplazamiento. Lo que hoy era «uno», mañana podían ser «dos o tres» y «tres» era el límite. Si eso sucedía, sería mi compañero de despacho, don Cipriano, el más cercano al colgador, y eso no podía permitirlo, el perchero era solo mío.

Don Cipriano observaba maravillado la precisión que yo tenía al medir, mi pulcritud en el manejo de la cinta métrica, el hipnotismo que emanaban mis acompasados movimientos. Eran instantes de respeto y de un silencio contenido. Y el mismo ritual se repetía todos y cada uno de los días.

Hasta que un fatídico día, o sea hoy, mi maravilloso perchero ha dejado de estar ahí o, lo que es lo mismo, ha desaparecido.

No es posible, dos años compartiéndolo todo, mis más íntimos secretos, mi vida y, de repente, me veo abandonado, vacío. No doy crédito. Tengo que parpadear varias veces seguidas y dar unas veinte vueltas alrededor del espacio que ocupaba el perchero para contrastar de forma empírica que realmente no está y en su lugar hay una carta en la que pue-

PORCA MISERIA
CIPN
23

do observar que reza el nombre de mi compañero de trabajo, don Cipriano.

Con temor, me agacho para abrir el sobre, despliego el papel sin atreverme a respirar en espera de una explicación que mitigue el fuerte dolor del alma que siento por tan gran perdida. Y en ese momento me dispongo a leer.

> Mi querido Holden, ya sabes quién soy. Dos años de amor contenido, de no mostrarte mis sentimientos. Siempre he preferido el consuelo de la posibilidad al temor de ser rechazado. Nunca soportaría la certeza de un «no» en tus labios.
>
> La distancia entre ambos solo ha sido aparente. Siempre te he tenido a mi lado. Mi falta de atrevimiento me corroía por dentro. Era un morir constante cuando tenía que sufrir tus ausencias. He esperado dos años a que ocurriera algo, tal vez un milagro provocado por mi loco deseo hacia ti, aunque sabia para mis adentros que nuestro amor era casi imposible en este mundo que nos ha tocado vivir, y que era más probable que llegase el adiós.
>
> Llevo sin verte apenas unas horas y ya añoro tu voz, tus movimientos, tus miradas al perchero, que no a mí. Tú ya sabes que yo soy más de escuchar que de conversar. Pues eso, no me salían las palabras. Estas palabras son todo un logro que debo exclusivamente a tu persona, al amor desmedido que siento por ti, a mi sueño, ahora roto.

Por favor no me busques, pero, si lo haces, que sea pronto.

Siempre tuyo, don Cipriano

P. D.: Espero que no te importe, me llevo el perchero como recuerdo de nuestro amor imposible; así, cada día que llegue a casa y cuelgue el abrigo será como dártelo a ti, mi querido y amadísimo Holden.

Y por eso esta mañana he dejado mi trabajo y ando deambulando por la calle sin rumbo fijo.

Ahora querréis saber qué me paso de niño, ¿no es así? Pues la verdad es que siento un poco de vergüenza al tener que contaros mis intimidades, pero, ya puestos, os lo relataré tal y como sucedió sin dejarme detalle alguno por muy escabroso que sea. Todo sea por vaciar mis demonios y mis miedos, que desde tan tierna edad me acompañan.

Todo empezó cuando aún era un niño, en plena preadolescencia.

De pequeño era un niño muy retraído. Pasé tardes eternas encerrado en casa con el único consuelo de mi madre. Mi padre, un alcohólico, vicioso y ludópata, abandonó a mi madre antes de que yo naciera, pero eso es otra historia.

Fue con mi madre con la única que compartí mis primeros secretos, mis miedos y mis alegrías.

De noche solía tener pesadillas, salía de la cama llorando e iba a la de mi madre, donde mantenía largas charlas con ella hasta altas horas de la madrugada, y era en esos momentos cuando le confesaba las dudas e inquietudes propias de mi edad.

—Mamá.

—Dime, Holden.

—¿Es posible? ¿Se puede amar con tanta fuerza que duela? Solo tengo que dudas, mamá. Me da vergüenza el simple hecho de confesar lo que siento, y eso que no sé ni cómo llamarlo.

Yo le conté a mi madre cómo me sentía cuando una chica que me gustaba se encontraba cerca de mí. El anhelo de un simple roce de su camisa al pasar; una mirada robada, fugaz; oír su voz aterciopelándose por el cauce de mis tímpanos. Era tan bonita. Tan perfecta. No sabía que aquello que sentía era mi primer amor.

Por suerte, tenía a mi madre, que, además de consolarme esas lágrimas de amarga y apasionada niñez, tenía la suficiente sensibilidad como para sacarme de aquel antro de lujuria y perversión. Ya no volvería a ir más al colegio público de mi barrio.

Me apuntó, por contra, a un colegio de una congregación religiosa donde me adoctrinarían con la exigencia, destreza y mano dura que una buena educación merece.

—Quiero lo mejor para mi hijo —apuntó mi madre. Y luego se dirigió a mí y me dijo—: Aquí te sacarán de la mente esas ideas impúdicas que no pueden más que provocar una enfermedad en tu cuerpo.

Yo me asusté. Aunque con el tiempo supe que los cambios que experimentaba mi cuerpo, vello púbico y demás, solo eran el normal devenir de la pubertad.

Y finalmente concluyó:

—Allí, Holden, te dejarán limpia, purificada y en calma tu alma.

Al principio, no sabía si aquello que me estaba pasando era un premio por mi buen comportamiento o un castigo por mis pensamientos impuros.

En la hermandad reinante en el colegio diocesano, yo encontré la alegría de vivir, que, por otro lado, buena falta me hacía. Descubrí otra forma de interpretar las señales, desconocidas para mí hasta entonces, y me convertí en un chico meticuloso y ansioso por la perfección y el orden.

Encontré la paz entre otros chicos que, casualmente, tenían las mismas dudas que yo.

Por entonces, la archidiócesis encargó a un joven y recién ordenado sacerdote, el padre Amador, la ingente y hermosa tarea de instruir a aquellos jóvenes en la doctrina. El padre Amador consiguió nuevas fórmulas de inducción a la fe a través de la música, la fraternidad y la convivencia con sus pupilos. Además, él siempre era uno más, compartía con ellos vivencias y experiencias que aportaban seguridad y confianza a sus jóvenes aprendices.

Solía hablarnos de los tres votos sacerdotales para alcanzar la plenitud espiritual: pobreza, obediencia y castidad. Y en su afán por actualizar la doctrina y darle un aire más acorde con los tiempos que corrían, nos hablaba de un cuarto voto, el consenso, donde todos podíamos expresarnos con total libertad y decidir por mayoría.

Para demostrarlo, organizó infinitud de excursiones campestres para que así, de paso, conociéramos la naturaleza. A menudo los fines de semana hacíamos vivac: acampábamos en pleno monte y nos reunía junto a una hoguera cuando caía la noche. Sacaba su guitarra y no parábamos de cantar y reír. Fueron días muy felices.

Yo estaba como en un sueño, tenía todo cuanto podía desear. Bueno, todo no, mis deseos íntimos por las chicas los reprimía en la soledad de mi cubil. No me podía permitir el lujo de estropear todo aquello que me rodeaba por saciar unos instintos del todo impuros, pues no podían ser otra cosa. Tanto era así que en la soledad de mi celda del internado del colegio me flagelaba la espalda con un pequeño cinturón de piel que conservaba desde mi ingreso en el colegio católico. Si mis pensamientos habían sido muy impúdicos, me daba cincuenta azotes por el lado de la hebilla de hierro.

El padre Amador a menudo se rodeaba de sus jóvenes, como a él le gustaba llamarlos, e incluso impartía charlas grupales en su propia casa al caer la noche. Era la casa abadía un pisito alquilado por la diócesis, modesto, pero con todo lo necesario para una estancia digna.

Las charlas solían alargarse hasta altas horas de la madrugada y allí compartíamos hamburguesas, *pizzas* y experiencias a partes iguales. Todos aportábamos algo a la convivencia, pero, yo con mi crónica timidez, casi siempre acababa fregando los platos de mis compañeros y, además, lo hacía con sumo gusto y especial dedicación.

Una noche, cuando todos habían vuelto ya a sus celdas del internado, yo continuaba fregando los últimos platos. Como si de un fantasma se tratase, apareció con paso de tortuga, lento y sigiloso, el padre Amador. Sin prisa.

—Holden, nunca te he dado las gracias por tu generosidad durante estas últimas veladas al quitar la mesa, lavar los platos y ocuparte siempre de que todo esté limpio y en su sitio.

—No es necesario —le contesté. Y añadí—: Todos aportamos algo en la convivencia. Pero gracias de todos modos.

—Pero déjame que te ayude y así acabaremos antes, Holden, que ya se ha hecho muy tarde.

Y, casi sin darme cuenta, tenía sus húmedas manos rozando las mías entre vergüenza y espuma. Me acarició, me rozó deliberadamente, sus manos se unieron a las mías y noté una leve caricia bajo el agua, entonces me susurró:

—Tienes unas manos muy suaves, Holden. Si cierro los ojos, diría que casi femeninas, listas para acariciar un delicado instrumento musical.

Me las acarició delicadamente jugando entre sus dedos al mismo tiempo que no paraba de susurrarme frases al oído que aumentaban su libido.

Yo me quedé inmóvil, paralizado. Inocente como era, no sabía cómo reaccionar ante aquellos halagos y cerré los ojos como defensa de lo desconocido. En eso que sentí como algo se metía por mi pantalón mientras me desabrochaba el vaquero y me bajaba la bragueta. Era su mano, que empezaba a acariciarme.

Noté una súbita erección y abrí los ojos como platos, bajé la vista y vi al padre Amador arrodillado frente a mí, agachado y con mi pene primero entre sus labios para, seguidamente, hundírselo en la boca. Primero de forma suave y acompasada, jugando con la lengua, para, poco a poco, acelerar el ritmo al tiempo que apretaba los labios con más fuerza al sentir que me venía.

Fueron apenas unos minutos y, tras eyacular en su boca, tuve miedo de haber estado haciendo algo inapropiado. Me eché hacia atrás y me subí el pantalón tapando mis vergüenzas ante lo que acababa de vivir.

El padre Amador me sonrió y con una cándida mirada le quitó importancia a lo sucedido. Pero yo no sabía cómo reaccionar y los ojos se me llenaron sin querer de lágrimas que resbalaban por las mejillas mientras le pedía perdón incesantemente por lo que había hecho. Él, con su boca aún pegajosa, me secó las lágrimas a besos y me tranquilizó acunándome entre los brazos.

Aquello continuó un par de años. Cumplidos los quince, abandoné el colegio para irme al instituto. Jamás denuncié aquellas violaciones y vejaciones a las que me obligó el «querido» padre Amador. Es más, viví avergonzado creyendo que yo era el culpable de incitar sexualmente a aquel hombre de Dios. Y, muchos años después, continúo flagelándome mentalmente en mi cubil, pues no lo puedo olvidar.

Y ahora que ya os lo he contado todo, me iré a casa, pues hace horas que ya ha anochecido y el frío empieza a calar por todo mi cuerpo.

Me acuesto sin cenar. Y bajo la luz mortecina de mi pequeña alcoba, como queriendo deshacer mi vida, empiezo de nuevo, como todas las noches, a pensar y a intentar *resetear* todo lo vivido. Es como si os lo volviese a estar contando otra vez. Y otra. Y cien veces más.

Seco mis lágrimas y trato de olvidar esos pensamientos que tantas noches en soledad me han hecho llorar, pues todo es verdad.

Ahora bien, ya nunca más volveré a abrir mi alma a nadie. Guardaré mis sentimientos con celo en una caja de metal y los enterraré de por vida. Quedarán guardados ahora y para siempre. Pues ¿a quién le interesa mi vida?

Para mis amigos Ramón San Gregorio Esteve y Andrés Crespo Pérez. Pues uno termina queriendo a aquellos que demuestran que les importas. Así de sencillo. Así de simple. Y así de fácil.

Crea en tu corazón un escenario de apacibles situaciones y ello hará que tu mente navegue por ríos de placidez y calma.

FOTO DE FAMILIA

Una apacible tarde de domingo, una feliz y ejemplar familia burguesa abre su álbum familiar.

Un orgulloso padre enseña fotos tomadas en blanco y negro a sus cuatro vástagos, que lo miran atentamente, felizmente recostados en el sofá los mayores, entre las rodillas de su padre el pequeño.

Mientras, afanosa y diligente, su madre, como buena esposa y ama de casa, amamanta a su quinto hijo varón sentada en un sillón victoriano que luce hermosos relieves en maderas preciosas como son la caoba o el ébano. Sus patas curvas se revisten con motivos florales tallados delicadamente en la madera.

En la cocina, la sirvienta termina de preparar la cena para los señores. Después, aún quedará dejar el comedor y la cocina recogidos, así como acostar a todos los niños.

Se detienen en una instantánea tomada años antes en ese mismo comedor.

—Papá, ¿quién es el chico de esta foto?

—¿No me reconocéis, hijos? Soy yo con apenas 20 años. ¡Qué joven estaba entonces!

—¿Y el resto de los señores sentados en la mesa?

—Son vuestros cuatro abuelos. Los padres de vuestra madre son los que están sentados a la izquierda de la mesa, y mis padres los que están sentados a la derecha. En el centro, enfrente uno de otro, estamos vuestra madre y yo.

»Si observáis bien, me estoy levantando a entregarle el anillo de pedida. Un anillo de oro con zafiros, rubíes y esmeraldas finamente engarzados. Vuestra madre sonríe con la felicidad plena que toda mujer desea, pues va a empezar una nueva vida junto a su amado esposo, a quien dará un gran número de hijos, quienes heredarán su apellido y su gran empresa.

»Como veis, todos estamos cenando felizmente el día que se hizo oficial mi pedida de mano a vuestra madre.

La mesa del comedor era amplia, acabada en lacado negro, con aristas devastadas. La misma que sigue ahora delante del sofá. Todos sonríen en la foto. Bueno todos no. Una joven sirvienta cargada de platos parece mirar de reojo con cierta tristeza al señorito.

Con tan solo 14 años, la niña era preciosa: grandes ojos, piel morena y cara aterciopelada. Era tan bonita que, a pesar de estar en un segundo plano en la foto, todos los ojos al mirarla se van hacia ella. Tiene un cuerpo modélico, estrecha de cintura, con un busto prominente, aunque parece tener algo de barriga.

El afectuoso padre cierra el álbum, da un beso de buenas noches en la frente a todos sus niños y se sienta cómodamente en su sillón mientras se enciende un puro habano Royal Courtesan. Las luces de la casa se van apagando y el humo va envolviendo poco a poco el ambiente y la estancia del comedor de manera que parece que este ha vuelto quince años atrás, justo en el momento que fue tomada la foto.

En esos momentos una ráfaga de aire que se adentra por la ventana que está entreabierta reabre el álbum de nuevo por la foto de la pedida de mano.

Como bien sabéis, las fotos, cuando nadie las mira, hablan solas, y esta, en el más sepulcral de los silencios, empieza a cobrar vida y sus personajes comienzan a hablar entre sí y a gesticular.

Los más oscuros secretos son revelados. El amor onanista de la abuela paterna, quc sonríe pensando en su apuesto primo judío, su verdadero amor, quien apenas se ve en la foto, pues parece estar saliendo de la sala a toda prisa con un tremendo portazo. Él es su verdadero padre y no el abuelo paterno, teniente nazi de la Gestapo, quien llevó a miles de judíos a las cámaras de gas en los campos de concentración de Auschwitz, Treblinka y Bekzec. Este también sonríe recordando las crueles ejecuciones y cómo se libró él mismo de las brigadas rojas al ponerse el pijama de rayas de uno de tantos judíos a los que había dado muerte.

Por otro lado, la abuela materna avisa con su mirada a su hija y con una más que obligada sonrisa en la boca parece decirle: «No te cases, hija mía, no cometas el mismo error que cometí yo; te encarcelarás en vida y te convertirás en un títere más bajo el yugo de tu marido».

El abuelo materno mira a su mujer, con su mirada lo dice todo: «No hables, no gesticules, ni se te ocurra tan siquiera pensar sin mi permiso». Todo esto se lo transmite a través de una sonrisa entrecortada que, a su vez, dibuja en su interior una orden estricta y tajante.

La abuela materna baja los ojos tristes en señal de sumisión al tiempo que sonríe a su marido mostrando aceptación.

Secretos grandes y pequeños van saliendo a luz. La foto impúdica que nunca se reveló parece revelarse ahora ante nuestros ojos.

También aparece ese dinero tantas veces mal contado y sustraído por el señorito para costearse sus caras orgiásticas fiestas, bacanales con chicas de compañía bañadas en caro *champagne* francés y cocaína fina.

Tras el fallecimiento del cabeza de familia, Otto van Brauchitsch, el señorito no tuvo mucho miramiento para excederse en el azúcar que le ponía a su madre, mientras mezclaba este con ínfimas cantidades de cicuta, cada vez que madre e hijo se tomaban el té con pastas de las cinco. Aquello le secaba la boca y le aceleraba el ritmo cardíaco, a lo que su hijo quitaba hierro.

Finalmente, nada pudo hacer el médico ante tal cuadro sintomático, temblores, sudoraciones, delirio, vómito y convulsiones que precedieron a la muerte de la señora de la casa y al cobro, claro está, de tan ansiada herencia por parte de su único hijo.

Ya veis. Todos en la foto mienten. Bueno todos todos, no. Los encuentros del joven prometido con la sirvienta, que lo mira de reojo en la foto, acabaron con el embarazo no deseado de esta con tan solo 14 años.

Fue inducida al aborto con la promesa de que continuaría de doncella en la casa cuando se recuperase. Pero la orden que se le dio al médico que le practicó el aborto fue clara: «Ambas, madre y futura hija, deben morir». Por lo que el doctor, tras sacarle a la niña de siete meses aún con vida, la ahogó en su propio cordón umbilical para, seguidamente, salir del quirófano y dejar que muriera desangrada su joven madre.

Ya veis, todos en la foto no mentían, no mentía la sirvienta, ni mucho menos la angelita que fue extraída y muerta del vientre abultado de su madre que se deja entrever en la foto.

Estos y otros son los secretos inconfesables de una feliz y ejemplar familia burguesa de mediados de los años sesenta.

Para Rocío Gómez Medina, quien nunca ha dejado de creer en mí ni, por supuesto, yo en ella.

HISTORIAS DE SUEÑOS ROTOS

No hay mejor historia que la que está bien contada.

Y estas os las contaré a todos aquellos que os perdisteis entre las sombras, a todos aquellos que esperáis eternamente.

EL VERDADERO AMOR DE LAS PUTAS

Esta historia no es mía. Me la contó hace tiempo una valiente mujer rumana cuyo nombre en estos momentos me parece más sensato y piadoso silenciar.

Poca luz. Olor a *whisky* barato. Sensación de ahogo. Sara, como la habían bautizado al llegar allí, miró triste a la vieja. Esta, inmutable, había perdido la noción de los años que llevaba allí.

—¡Me voy! —murmuró Sara.

—¡De aquí no se va nadie! ¿Dónde vas a ir? Esto es lo único que tienes —farfulló la vieja ama, que siguió mascullando y dejando entrever los pocos dientes que le quedaban—. De aquí solo te irás muerta. —La tomó con fuerza del brazo—. Ahora no eres más que una puta, y más vale que seas buena si quieres sobrevivir.

A Sara le volvieron recuerdos a la mente, fotogramas que pasaban a toda velocidad. Se vio subiendo a un autobús. Un beso de despedida. Luego bajando en una terminal. Unos hombres la esperaban y la llevaron a una especie de hostal. Tela negra. Luces rojas. Golpes. Gritos y más golpes. La ropa arrancada. Las piernas abiertas. Más golpes. Humo. Alcohol. Tres hombres la montaron brutalmente. Luego otro más. Lloró hacia dentro.

Se desmayó. Le hicieron esnifar y volvió a despertar. La empujaron hacia una mesa y la volvieron a coger por detrás. Le dieron hasta saciarse. La violaron durante tres días y tres noches seguidas.

Casi muerta, la recibió la vieja ama. La bañó. Le curó las heridas. Le habló suave y trató de convencerla: cuanto más pronto lo aceptase y se resignase, mejor sería para ella. Debía obedecer, de nada le valdría resistirse. Bien lo sabía ella, que hace ya muchos años había sufrido también esa condena.

Un hombre entró y le acercó un teléfono. Un arma en su cintura.

—Llama a tu casa y di que estás bien.

Sara llamó, pero no a su casa, sino a su novio, Andréi. Él fue quien le dio el beso de despedida y le dijo el nombre del hostal. Este no le cogió el teléfono. Sara entonces supo quién la había vendido. No se atrevió a llamar a su madre. No. No pudo.

El tiempo transcurrió lento. Su compañera de celda era Dominique. Esta le comentó:

—Cuando me llevaron con la vieja, no sabían si estaba viva o muerta. Me habían desgarrado todas mis partes con apenas doce años. Por suerte sobreviví. El ama me salvó.

—¿Por suerte, dices? Pues yo quiero morir. No aguanto ni un día más.

—¿Tú quieres morir? Yo lo que quiero es matarlos. Escapar y matar a estos malditos perros. Y darles la muerte que se merecen. No morirás, Sara, ya te digo que vivirás para contarlo.

En ese momento abrieron la puerta de golpe. Era Carlos, uno de los chulos. Arrastró del pelo a Sara y le dijo:

—Menos cháchara, tienes un nuevo cliente y espero que seas complaciente con él. —Al mismo tiempo que le soltaba una tremenda bofetada a Dominique y le decía—: Y tú ve abajo, a exhibirte en el local. ¡No valéis ni el aire que respiráis, zorras!

Sara dejó volar su mente debajo de un nuevo hombre que se encaramaba sobre ella. Era la preferida, carne tierna, joven y nueva. Quedaba ya lejos su verdadero nombre: Nicoleta. Cada nuevo cliente, cada nueva bestia, le hacía una herida nueva en el alma que ella se marcaba con un minúsculo corte en la piel. Eran las marcas de sus múltiples violaciones y estas fueron cicatrizando tanto en la piel como en el corazón.

Ella, que quería progresar, traerse a su madre, a su hermanito y a su abuelo. Ella, que tenía tanto amor para dar, solo recibía palizas y violaciones. Cicatrices, dolor, el amor que se les da a las putas.

Eso le decía la vieja ama:

—Las putas vendemos nuestro cuerpo para sobrevivir. El amor de las putas dura hasta donde alcanza la plata. Y rapidito. Que otro nuevo novio nos espera al otro lado de la puerta.

Ella tenía que dar sexo, placer, distracción y diversión. Pero un día ya no pudo más. Después de una noche movida, donde le habían atizado golpes y hecho quemaduras, decidió que era mejor morir que seguir siendo una marioneta, un juguete roto para un montón de bestias que saciaban su deseo con ella.

Cogió su pequeña mochila rosa y le soltó un sermón al ama vieja.

Estaba decidida y se fue hacia el guardia que custodiaba el establecimiento con la intención de cogerle el arma aprovechando que estaba hablando con otras chicas.

Pero en ese momento un tirón de brazo la apartó de allí.

—¿Qué haces, loca? ¿Qué quieres, que te mate? —le dijo la vieja ama.

—Nada me importa. Me mataron el día que llegué. Me voy.

—¡No vas a ninguna parte!

—¡Dominique escapó hace un par de días!

—¿A que se la lleven medio muerta en una ambulancia lo llamas tú escapar?

—Pues sí, ¿acaso regreso?

La vieja la sostuvo del brazo el tiempo suficiente para ver en su piel las mismas marcas que ella de joven también se hizo. Unas lágrimas cayeron por sus ojos y la soltó. Sara se acercó al guardia y le arrebató el arma. El tipo, al notar el roce, se abalanzó sobre ella y gritó:

—¡Carlos, se escapan!

Dos disparos a bocajarro le destrozaron la cabeza: uno le entró por la garganta y el otro por el ojo derecho.

Sara se quitó los zapatos de tacón que le molestaban y corrió hacia la salida.

De reojo vio como otro hombre bajaba también corriendo la escalera.

—¡Corre, Sara, corre! —gritó la vieja ama.

El hombre sacó su arma, cuando apuntaba hacia Sara, la vieja ama se puso delante y recibió tres disparos.

Moribunda desde el suelo se le oyó decir de nuevo:

—Corre, Sara, corre, ve hasta la carretera.

El hombre pasó por encima del Ama y, cuando iba a volver a disparar a Sara, una mano desde el suelo tiró de su pierna y le hizo caer al suelo. Cuando se levantó, la remató de un tiro en la cabeza.

—Corre, Sara —suspiró oyéndose solo ella.

Un camionero frenó de golpe al ver a una muchacha descalza haciéndole señas en medio de la carretera.

Este le hizo un gesto para que subiera. Sara no habló en todo el trayecto, pues pasaban por su mente silenciosas imágenes una tras otra: la vieja ama cogiéndola del brazo, luego gritándole «¡Corre!», disparos, y esta cayendo al suelo muerta al tiempo que facilitaba su huida.

Eso que había hecho la vieja Ama, ese acto de valentía, de coraje y de carácter, había sido todo un acto de amor. El verdadero amor de las putas.

SALA DE ESPERA

Me pareció muy hermosa la joven que estaba sentada en la silla en la sala de espera del hospital. La miré de arriba abajo mientras avanzaba por la fila para sacar mis medicamentos; los dolores de cabeza me mataban. Por unos instantes imaginé la dicha de su novio o su amante. Pensé qué pasaría si ella fuese mi mujer. La miré, me la pensé y me la imaginé. Era tan bonita... Y de seguro que tendría alguna historia que contar. Yo siempre con mi sesgo de escritor.

Ella ni advirtió mi presencia. Hacía tiempo que había perdido la idea romántica del amor. El amor para ella no era más que un sueño roto.

4

Finalmente, tras la imposibilidad de lograr ni una sola de sus miradas, volví a fijar la vista en la cola y observé cómo avanzaba. Cuando casi me tocaba, me giré para echarle un último vistazo. Ya no estaba, en su lugar había sentado un hombre mayor, taciturno, triste y melancólico, parecía pesaroso y apesadumbrado. No puedo evitar juzgar para mí a las personas cuando las miro, a veces, incluso me da tiempo de inventarles una historia.

¿Cuál sería la historia de la chica? Sería bonito que fuese ella quien me la contara.

Igual la chica había sido producto de mi imaginación, un espejismo, una ilusión engañosa fruto de mis deseos y mis ansias por querer con cariño y amar.

Pero no, antes de irme con mis medicamentos en las manos, me asomé por la ventana y la vi cruzando la calle, descalza y con una mochila rosa.

EL SALUDO DE LA GATA

Era noche oscura. Luna nueva. Alguien andaba por las sombrías callejuelas estrechas.

Dura y lasciva, con un punto canalla, con vaivén de barca. Sonrisa marcada de las que las ven venir. Ojos que miran y escudriñan. Sin parpadeo. Con treguas largas. Pelo trenzado, tetas firmes y tacones de cuña.

La debí ver venir y echarme a un lado. Pero no: seguí andando por la oscuridad. Eso sí, anduve despacio. Y ella ralentizó el paso, enalteció nalgas, sacó pecho. Bajo su minifalda se vislumbraban medias negras y también un filo que brillaba. Su vaivén se hizo más pronunciado y evidente. Era toda una hembra.

Me escondí tras la esquina. El baile de sus nalgas se acrecentó. Flujos de veneno surcaban sus piernas. Rocé con la mano la empuñadura de mi revólver.

Todo ocurrió en un segundo. Saltó sobre mí como una gata nada más girar la esquina. Me refiló la garganta con la punta reluciente de su navaja, lo suficiente como para degollarme. Cayó de mi mano el revólver. Me rebanó la carótida, la sangre brollaba sin cesar. No pude gesticular palabra alguna, en cambio, sí pude oír antes de morir:

—Esto, Carlos, por el Ama. —Para, seguidamente, clavarme el tacón en mis testículos al tiempo que murmuraba—: Y esto por mí y por Sara.

La gata con piel de pantera cruzó la calle y siguió andando como si nada.

Ese era el último chulo que le quedaba por saludar antes de completar su venganza.

Las palabras me visitan. Vuelan a mi alrededor dibujando recuerdos vaporosos. Silencios perenes.

Lo sé. Mis relatos tocan vuestros corazones rotos. Me leeréis en vuestros días oscuros y solitarios. Vosotros, como yo, nacisteis para perder, para que otros puedan ganar.

Y en la calle del olvido ya todo acabó hace tiempo. Pues no consigo recordar lo que ayer fue, y de nada me vale llorar por lo que pudo haber sido.

Para Lola Egea Escrich. «Y, si ya no puedo verte, por qué Dios me hizo quererte, para hacerme sufrir más...».

BOLEROS

MI AMOR

Suena un bolero:

> Mujer, si puedes tú con Dios hablar,
> pregúntale si yo alguna vez
> te he dejado de adorar.
> Y al mar,
> espejo de mi corazón,
> las veces que me ha visto llorar
> las perfidias de tu amor.
> Y tú, quién sabe por dónde andarás,
> quién sabe qué aventuras tendrás,
> qué lejos estás de mí.
> Te he buscado dondequiera que yo voy,
> y no te puedo hallar.
> Para qué quiero otros besos
> si tus labios no me quieren ya besar…

Mi amor. El día que yo muera, sentirás un escalofrío en tu piel.
Un pequeño mareo a penas. Pero, por un segundo, perderás el equilibrio y te sentirás desvanecer.
Tu corazón se acelerará para recobrar la calma segundos después.

Y ya no habrá quien te sueñe, quien te adore, quien te susurre cuando estés sola hasta altas horas del amanecer. Pues ya no habrá nadie que te ame hasta más no poder.

Y todo eso te pasará por amar a quien no te amó. Ya ves, qué casualidad, justo lo mismo que yo. Mi amor.

PIJAMA DE FELPA

Suena un bolero:

> Abrázame así,
> que esta noche yo quiero sentir
> de tu pecho el inquieto latir
> cuando estás a mi lado…

—Te deseo con locura —le dijo a su mujer.

Pero ella seguía ensimismada. Hacía tiempo que su actitud era indiferente a la seducción de su marido. Poco a poco, y con el paso del tiempo, fue perdiendo el interés.

Cayó la noche, la desnudó, le puso su pijama preferido de felpa con estampados de leopardo. La besó en la frente y se recostó junto a ella abrazándola tiernamente.

UN PEQUEÑO ACCIDENTE

Suena un bolero:

> Reloj, no marques las horas
> porque voy a enloquecer…
> Reloj, detén tu camino
> porque mi vida se apaga…

Tenía que visitarla antes de dejarla para siempre. Aquel pequeño accidente rompió por completo las expectativas que yo tenía en mi vida de lucir mujer. En cambio, yo salí ileso. Ni un rasguño.

¿Cómo podría decírselo?

Cuando me dijeron que no volvería a andar, todo se nubló en mi mente. No fui a verla al hospital hasta el día siguiente, cuando ya tenía claro que la iba a dejar.

Estaba seguro de que ella lo entendería. Estaba enamoradísima de mí, y seguro que querría lo mejor para mí, que, sin lugar a duda, ya no era ella. Lo entendería, yo estaba seguro, era muy intuitiva, tenía un sexto sentido, a partir de ese momento tendría un amigo para siempre.

Entré decidido en la habitación 148. Esa era su habitación. Ya ves, iba a cumplir 18 años al día siguiente, 14 de agosto.

Unas lágrimas rodaban por sus mejillas:

—Amor mío, mejor no digas nada..., y vete.

148
4
4
14
AGOSTO
13
1
SEPTIEMBRE
12
11
31

LO QUE EL VIENTO SE LLEVÓ

Suena un bolero:

> Adoro la calle en que nos vimos,
> la noche cuando nos conocimos,
> adoro las cosas que me dices,
> nuestros ratos felices,
> los adoro, vida mía…

Aún intento comprender cómo en unos minutos te lo llevaste todo. No encuentro mi risa. Ni mi ironía. Esa alegría que me caracterizaba, que se desvaneció en unos minutos mientras tú, con ojos ausentes, me hablabas en el asiento delantero de mi Ford Fiesta.

Por no tener, no tengo ni besos en la boca, ni una mano que acaricie mi espalda, ni nadie que deshaga mi cama. Nada. No tengo nada.

Se esfumaron esas cenas en Port Saplaya, esas partidas de *truc*, nuestros paseos en los atardeceres de Rafelbuñol o cuando íbamos en bicicleta a Sant Espírit. Incluso esas tardes de diciembre montando nuestro belén, ese que tantos ahorros nos costó. Todo ello te pareció poco o, mejor, nada.

La ilusión de los sábados por la mañana cuando nos íbamos a almorzar y a comprar ropa por el mercado de Benicalap.

Tu colonia Anouk, floral, afrutada, joven e inconfundible, como lo eras tú.

Aún llevo impregnadas en la piel sus notas de sándalo, jacinto y vetiver.

Yo, para que me reconozcas si algún día vuelves, sigo en el mismo sitio en que me dejaste y visto con la misma ropa, un poco más vieja, sí, como yo.

Te fuiste en unos minutos diciendo que se te acabó el amor. Te fuiste llevándotelo todo. Así como el viento, que todo lo arrastra.

En cambio, yo sigo queriéndote, pues el amor mientras duele no muere.

GASPAR

Suena un bolero:

> Bésame, bésame mucho,
> como si fuera esta noche la última vez.
> Bésame, bésame mucho, que tengo miedo a perderte,
> a perderte después…

En un punto marcado. En una calle cualquiera. En una ciudad sin determinar. Tal vez mañana coincidamos de nuevo dos personas.

Por el destino. Por nuestra atracción magnética. Por algo que ya estaba trazado desde hace mucho tiempo para ese fin.

A veces me duele escuchar ciertas canciones. No puedo evitar ver tu imagen en mi cabeza cuando alguna de ellas suena en algún lugar. Me pregunto si tú también te detendrás a pensar en mí cuando las oyes. Y si, de algún modo, te recuerda todo aquello que vivimos.

Siento que te quiero. Mi mente se sigue engañando, aún no se cree lo que me hiciste. Qué tonto, iluso y cornudo fui cuando todo era tan evidente.

Pasé mil noches preguntándome qué demonios había hecho mal como para que corrieras a los brazos de otro cuando los míos te esperaban cada día y cada noche con tanto amor.

Quizá tuve yo la culpa por quererte tanto. Mi pecado fue querer y mi penitencia fue soñar eternamente los besos que ya no me diste y con ansia siempre esperé.

RECUERDOS

Suena un bolero:

> Solamente una vez,
> amé en la vida,
> solamente una vez y nada más.
> Una vez nada más en mi pecho brilló la esperanza,
> la esperanza que alumbra el camino de mi soledad…

Hay lugares que te marcan, pueblos que se quedan con algo de ti, personas que no olvidarás y objetos que querrás guardarte para siempre.

Galilea había almacenado objetos de todo tipo; entre ellos, las cartas de su primer amor, que duró la friolera de doce años. Este le rompió el corazón, pero ella seguía leyendo aquellas cartas como si estuviese anclada en el ayer. También guardaba con especial cariño aquellos libros que la ayudaron a escapar de la realidad. Eran tantos que le ocupaban una habitación entera.

Guardaba múltiples objetos de distinta procedencia: caracolas, dedales, plumas, carteras, bolsos, figuritas, rosarios, cartas, postales, disfraces, sombreros, candelabros y hasta unas vasijas de sus abuelos. No podía deshacerse de ellos. No, no podía. Cada objeto tenía una historia, un recuerdo asociado. La propia casa entera era un recuerdo. Un recuerdo triste. De su soledad.

Pues estaba sola a los 60 años, y sabía que esos recuerdos pasados ya no volverían.

Nunca. Jamás.

«¿Cómo que no volverán? —se preguntó Galilea—. Voy a devolver cada recuerdo a la persona o al lugar al que están asociados».

Y volvió a lugares dispares a devolver recuerdos, y a cada uno devuelto mejor se sentía. Era como si aquellos objetos, almacenados uno por uno, le hubieran robado la libertad y la felicidad poco a poco.

Se dejó para el final las cartas de su primer amor. Averiguó dónde vivía, se plantó delante de su casa y llamó al timbre.

En eso que salió aquel hombre ya entrado en edad, aquel hombre al que un día tanto había amado. Le entregó sus cartas y le dijo que quería ser libre. Se alejó deprisa, como si hubiese dejado una bomba a punto de estallar.

Vendió su casa del pueblo y se fue a vivir a la gran ciudad. Allí acudía diariamente a ayudar a otras personas a través de una ONG que había apenas a dos manzanas de su nueva casa.

Un día, cuando se disponía a salir, se encontró con aquel señor que tanto había amado. Él le plantó en las manos las cartas que también guardaba, las que ella le escribió durante su noviazgo y en las que le declaraba su amor eterno. Y, como ella, se dio la vuelta y se echó a andar sin dar explicación alguna.

Galilea miró las cartas y vio su propia letra en un papel desgastado por los años, en ellas hablaba de su amor por él. De un amor infinito que nada ni nadie podría jamás romper.

Con lágrimas en los ojos volvió a leer la niña enamoradiza que un día fue. En ellas le decía que quería unirse a él, y que le seguiría, aunque fuera al fin del mundo.

Qué ingenua y tonta era: le decía que, si él algún día dejaba de quererla, moriría de amor, que no tuviera ninguna duda de que ella era capaz de morir por él.

Al final de todas esas cartas, vio otra, pero esta era más nueva, estaba escrita recientemente, se notaba tanto en el sobre como en el propio papel.

Cuando la abrió, reconoció la letra de él.

En ella ponía que no la había olvidado ni un solo segundo de su vida, y que, si ella quería, podían retomar su historia de amor por el tiempo que Dios les regalase aún en esta vida y continuar en la siguiente, juntos ahora ya para siempre, pues eso era lo que más deseaba en esos momentos y lo que le había devuelto la ilusión y la felicidad.

Unas lágrimas ahora de emoción rodaron por las mejillas de Galilea. Y pensó para sí misma: «Ya ves lo importante que es devolver los recuerdos, pues nunca es tarde para empezar una nueva vida».

C
C2

QUEDAMOS A LAS SEIS

Suena un bolero:

> Es la historia de un amor
> como no hay otro igual,
> que me hizo comprender
> todo el bien, todo el mal.
> Que le dio luz a mi vida,
> apagándola después.
> Ay, qué vida tan oscura,
> sin tu amor no viviré…

Subió a la motocicleta. Como todos los chicos de su edad, disfrutaba conduciéndola.

Por el otro lado de la ciudad, por el lado norte, el camión de mudanzas iba rápido para cambiar los muebles de hogar. Había cargado algunos de casa de la madre de ella y ahora los tenía que llevar a su nueva casa.

Él, en cambio, no tenía prisa, aunque sus ansias por verla le hacían acelerar.

Habían hecho planes para casarse cuando ella terminara ese año sus estudios de psicología. Habían planeado hasta su viaje de novios a Costa Rica. Y ahora tenían una bonita «casita de papel» donde serían muy felices los dos.

Los días juntos se les hacían cortos y un futuro espléndido resplandecía ante ellos.

A María le gustaban las margaritas y estuvo casi una hora recogiendo un enorme ramo en el que habría casi cincuenta. Había

quedado con su novio, la tenía que recoger a la salida de la facultad para ir a probar el menú de boda.

Diego ya casi estaba llegando cuando recibió una llamada de María.

—Diego, me he dejado el bolso en casa de mi madre, ¿puedes pasar a por él antes de recogerme? Te quiero, amor mío, quedamos a las seis. Estaré en la misma puerta de la facultad. Cuando llegues, te comeré a besos.

—Ya casi estaba llegando; doy la vuelta, lo recojo y a las seis estoy ahí. Nos vemos, cariño, un beso. A las seis, sí, allí estaré.

Ella se sentó en un banco helado de piedra a esperarlo. Con las margaritas en las manos y con una sonrisa llena de amor. «Lo esperaré deshojando margaritas: me ama, no me ama, me ama, no me ama, me ama...».

Eran casi las siete de la tarde, apenas le quedaban a María margaritas que deshojar, el suelo estaba lleno de pétalos blancos y pequeños soles amarillos, pero ella continuaba con su juego:

—Tarda —se dijo—. ¿Eso será que no me quiere? Vamos a ver: me quiere, no me quiere, me quiere, no me quiere, me quiere.

Tres manzanas al norte, Diego García estaba tumbado sobre su motocicleta. Un camión de mudanzas que iba demasiado deprisa lo había arrollado al girar una calle. Su casco estaba partido y de su cabeza brotaba sangre que formaba un charco negro.

La sirena de la ambulancia ensordecía los oídos de la gente que se apresuraba a llegar al lugar. Diego yacía muerto en el suelo, con el bolso aún colgando de las manos, aquel que le había regalado a María años atrás, y con una sonrisa dibujada en los labios fruto de quien vive una felicidad eterna y un amor sin igual.

*Para Belén Bolea Ruiz. La vida es corta y fugaz,
pero está llena de maravillosos imprevistos.*

LA CONQUISTA

El amor es un juego de vasos comunicantes: cuanta más presión aplicas sobre el líquido emocional en un extremo, más se desborda por el otro lado... O, lo que es lo mismo: cuando más interés pones, menos interés tienen.

Y ya os lo digo yo. No hay prodigio mayor en la existencia humana que la exploración primera de una piel que se añora y se desea. Conquistar el cuello del ser amado acariciándolo suavemente con las yemas de los dedos, casi sin tocarlo, rozándolo apenas, para zambullirnos en un presente único, en el deleite de su ombligo.

El deseo de mi amado enciende en llamas mi propio deseo. Me siento valiosa, deseada, querida, amada.

Una siempre es inocente cuando ama con todo su corazón, deja caer sus corazas y queda indefensa. Regresa al umbral de la eterna adolescencia. Eres feliz, te sientes hermosa.

El problema radica en que el amor, aun siendo mentira, nunca falla.

No os creáis que escribo para vosotros, mis queridos lectores. No. No escribo para los pocos o muchos que ahora me leéis. No. Tomad nota, pues es el destino fatal de todas las obras de los genios. Yo, como antaño hicieron tantos otros, escribo para la posteridad. Solo entonces se me encumbrará y valorará.

La vida es para las valientes, y ese día yo lo fui. El cielo dibujaba ese atardecer una delgada franja gris marengo.

Kafka, ya muerto, se metió en mi cabeza. Y me metamorfoseó.

Solo se despierta de un sueño una única vez y aquí sigo, sumergida en mi dulce sueño, sin deseo alguno de abandonarlo.

Y entonces lo vi. Repleta de sueños, colmada de ilusiones, con todo mi amor para dar. Y disfruté de su sonrisa en la distancia.

No hay mayor prodigio natural que el amor desmedido de quien nunca antes se ha atrevido a amar.

Me acerqué a él. Nos conocimos en el Ateneo en una presentación de un libro que ahora no logro recordar. En una conversación literaria nos empezamos a conocer. Su agradable conversación fue haciendo que me sintiera cada vez más cómoda, su diálogo era franco y espontáneo.

Nos vimos otras veces, en otras presentaciones de libros de autores desconocidos para mí. Eran autores noveles que tratan de abrirse un camino en este difícil mundo de la literatura.

Hablamos con ellos y entre nosotros. Su entusiasmo ferviente por su obra nos contagiaba de optimismo y de ganas de romper barreras y vivir. Vivir con todos los sentidos.

Entre nosotros surgió al principio una bonita amistad. Más adelante íbamos quedando para visitar algunas librerías de viejo, algún rastrillo, sitios con encanto para aquellos a quienes nos gustan los libros fuera de los canales comerciales habituales. Comentábamos, intercambiábamos opiniones, dábamos un largo paseo al atardecer por el casco antiguo de Valencia, por el barrio del Carmen, así como por el barrio de la Puerta del Mar. Entramos en la Librería Ramón Llull; en la Guarida de las Maravillas, que está en la calle Tapinería, número 10; en la Librería González el Sabio; en Rosa Rosae; y en muchas más con ese encanto bohemio que solo la luna de Valencia sabe dar.

Terminábamos haciéndonos un café en una de esas coquetas cafeterías que hay por el centro de la capital.

Pasadas unas semanas, tuvimos que reconocer que entre los dos existía una cierta sinergia positiva, una complicidad que nos hacía sentir a gusto, un sentimiento más o menos fuerte al que ninguno de los dos quería renunciar.

Lo que más me gustaba de él era cuando, sin apenas darme cuenta, en medio de una conversación con otra gente, se sacaba de la chistera una historia, las cuales, contadas de su viva voz, parecían tan reales... Con él era imposible aburrirse. Siempre tenía planes que hacer, lugares que visitar y en todos ellos historias que contar.

Recuerdo una que nos contó una tarde-noche en el Ateneo. Yo me quedé como una tonta embelesada escuchándolo:

> No era yo más que un niño de 10 años cuando en mi pueblo se desató el infierno. Un pueblo sin nombre, sin memoria y sin un futuro más allá del olvido.
>
> Era febrero. Una tormenta negra arrasó con todo el pueblo. La lluvia arrastró carros, derribó casas y provocó deslizamientos de tierras.
>
> En uno de ellos, fuera del cementerio, desenterró a una hermosa joven que, por obra y gracia de Dios, había permanecido prácticamente embalsamada, toda ella acartonada pero reconocible, pues su cuerpo, por un milagro, se había conservado intacto e incorrupto, no habiendo sido afectado por la podredumbre de la tierra mojada.

—¡Milagro, milagro! —gritaban las gentes del pueblo.

—Milagro —sermoneó el cura desde su púlpito.

Siguió lloviendo durante cuarenta días y cuarenta noches. El pueblo pasó miedo. Pero un rayo rozó a un hombre y milagrosamente no le hizo nada. Y el agua fue filtrada por la tierra, los campos no sufrieron y los acuíferos se llenaron. Los sembrados y las huertas se salvaron. De una fuente seca que había en la plaza del pueblo empezó a brotar agua bendita que curaba resfriados, la tiña y la sarna.

Empezó a venir gente de otros pueblos de alrededor que habían oído hablar de los milagros. Y el pequeño pueblo sin nombre renació como el ave fénix de sus cenizas.

Florecieron comercios, bares y hospedajes. La prosperidad inundó el pueblo como si de un maná se tratara. Y todo ello, según el pueblo, se debió a la aparición de la santa, a la cual elevaron a los altares y, dentro de la iglesia la pusieron en un mausoleo justo al lado de la capilla del Cristo de la Sangre. También le dedicaron imágenes en otras parroquias y ermitas, así como hermosos panteones. Y su imagen se convirtió en una reliquia y los enfermos la tocaban para sanarse.

Como apareció el día de santa Águeda, así la llamaron.

Pero no os creáis todo lo que veis u oís, pues mi abuela sí sabía la verdad sobre esta historia, pues a su vez se la contó su abuela cuando era apenas como yo, una niña de diez años. Y esto fue lo que me contó:

Una joven llamada Leocadia fue encontrada ahorcada de una viga de su cocina, en su propia casa. El cura del pueblo, al ser una suicida, se negó a enterrarla dentro del cementerio, pues es bien sabido que la Iglesia repudia a los suicidas y bajo ningún concepto se los puede enterrar en tierra santa. Antaño se les cortaba la cabeza para que no pudiesen subir al cielo. El caso es que se la enterró extramuros del cementerio, sin cruz, sin losa, sin nada. Antes, un embalsamador del pueblo que disecaba animales salvajes realizó con ella ensayos y pruebas y luego la enterró sin más junto al muro del cementerio.

Pero mi tatarabuela conocía bien la historia. Ella no estaba colgando de la viga de la cocina por voluntad propia. No. Quien bien la conocía sabía que una niña tan risueña y bonita no se había podido suicidar.

Su marido, harto de que no le diera hijos, y a sabiendas que la Iglesia no le concedería el divorcio, tramó un plan maquiavélico, y a los pocos meses de muerta se casó con otra preciosa joven de nombre Adina.

Por avatares y caprichos de la historia, Leocadia pasó de enterrarse repudiada fuera del cementerio a elevarse a lo más alto de los altares como una santa.

Otras veces me sorprendía con acertijos. Recuerdo uno especialmente que me contó solo hace apenas unos días:

Un día encontré un jardín olvidado por los humanos y los dioses.

No había nada. Planté para ti una flor y, como nuestro amor, esta fue doblándose cada día. Así, fui el segundo día y había dos, luego había cuatro, y al siguiente ocho, y así sucesivamente.

—¿Sabes a qué estamos? Hoy hace justo dos meses que nos conocemos. Hoy hace 61 días.

El día 61 el jardín se llenó de flores.

—¿Sabes qué día el jardín estaba lleno solo la mitad?

Me pilló de improviso.

—Lo pienso y mañana te contestaré —le dije.

Lo consulté con la almohada y, cuando llevaba muchísimas flores contadas, caí con que era más sencillo que todo eso.

Al día siguiente por la tarde, cuando quedamos, le contesté:

—Lo sé. Justo el día antes de que se llenara. Si se llenó el último día del segundo mes, el 61, justo el día de antes el 60, el jardín estaba por la mitad. Al pasar ese día, se dobló y se llenó.

Lo acerté.

Y él me dijo que había creado ese acertijo solo para mí, para regalarme un jardín repleto de flores que, como nuestro amor, comenzó en nada y día a día fue doblándose.

Qué bonito. Yo, sin darme cuenta, cada día estaba más enamorada de él.

Todo era perfecto. Nuestro amor iba creciendo, alimentándose con la sencillez de nuestras ilusiones y con esos pequeños detalles que me ofrecía. Y con esos «Tranquila, no pasa nada», «Distrae tu mente con cosas bonitas». Y yo le miraba a los ojos y él lo aderezaba todo con esa sonrisa que tanto me conquistaba. No me lo podía creer, vivía en un mundo aparte, era el cielo en la tierra. No podía ser más afortunada: él era capaz de alegrarme cada atardecer por muy mal que me hubiese ido el día.

Sin lugar a ninguna duda lo amaba. Nos llamábamos cada día si por alguna razón no nos podíamos ver, si no podíamos quedar para nuestro placentero paseo diario al atardecer. Él me mimaba con su dulce voz y yo me sentía la mujer más afortunada que podía haber.

Di un paso adelante. Le dije que vivía por y para él, lo cual era verdad.

Una noche, de manera inesperada, me llevó de la mano a pasear por los jardines de Monforte. Dimos un paseo bajo el túnel de la buganvilla y admiramos las estatuas alegóricas de los cinco continentes.

Nos paramos ante la estatua de Dafnis y Cloe. La mitología griega era su debilidad, ya me había contado las más bellas leyendas homéricas.

Entonces me dijo:
—¿Conoces el mito de Dafnis y Cloe?

—No. Pero seguro que tú lo conoces y no me equivoco al decirte que es el lugar y el momento para que me lo cuentes. ¿No es así?

En ese momento, y junto a tan bella estatua y tan romántico jardín, mientras caían los últimos rayos de sol, me besó. Me dio su primer beso, fue un instante maravilloso, por un momento

pensé que Dios se había acordado de mí y había hecho bajar a un ángel del cielo para amarme y hacerme feliz.

Y empezó a narrarme una larga historia, que yo, por supuesto, os voy a resumir.

Longo de Lesbos cuenta una historia de amor imposible. Lamón, un pastor que habitaba en Mitilene, buscaba una cabra que se le había extraviado en pleno monte al atardecer. Anocheciendo, la encontró amamantando a un bebé que estaba tendido sobre el suelo. Se lo llevó a su mujer. Lo adoptaron y le pusieron por nombre Dafnis.

Dos años más tarde, otro pastor encontró en las mismas condiciones otro bebé en la gruta de las ninfas, y la llamó Cloe.

Los padres adoptivos de ambos tuvieron un sueño al mismo tiempo. En él, las ninfas ponían a Dafnis y Cloe en manos de un niño alado con un arco, y después los tocó a ambos con la misma flecha.

Ambos cuidaban rebaños. Y Cloe se enamoró perdidamente de Dafne, aunque ella no sabía ni comprendía muy bien lo que le estaba pasando. Pero era hermoso, atento y servicial. Cada mañana su ilusión era ver a Dafnis y allí, junto al pozo, compartían su amor y sus rebaños.

Dorcón, otro cabrero, estaba también enamorado de Cloe y, tras unos intentos fallidos de conquistarla, decidió hacerla suya por la fuerza. Se disfrazó de lobo y trató de asustarla, pero los perros la defendieron y acabaron hiriéndolo. Dafnis se apiadó de él y lo curó.

Poco tiempo después, llegaron unos piratas de Tiro, saquearon todas las tierras, raptaron a Dafnis y le dieron una paliza de muerte a Dorcón. Cloe, alarmada, se acercó a este y le pidió ayuda. Dorcón le pasó su siringa y, al tocarla, las vacas de este se lanzaron al mar, volcaron el barco pirata y permitieron la huida de Dafnis. Ambos no pudieron más que enterrar a Dorcón con honores tras su muerte.

Siguió contándome toda su historia de amor imposible y todas sus peripecias, que no fueron pocas, para finalizar diciéndome que todo lo que les había pasado solo había sido un juego de los dioses. Al igual que había sido nuestro caso.

Su primer beso también fue el último. Me miró a los ojos y me dijo que debíamos terminar. «No tiene que ser necesariamente un adiós», me dijo con cierta amargura, pero por primera vez sus palabras sonaron huecas y frías. Apenas estábamos empezando a disfrutar de un bello romance que había hecho renacer en mí un sentimiento casi adolescente ya olvidado, y ahora se partía de nuevo mi corazón romántico y soñador.

¿Cómo pude ser tan ingenua? Me apresuré demasiado a enamorarme. Debí pensarlo mejor.

¿Qué haré ahora? Tengo el alma quebrantada. Mis ilusiones nuevamente rotas. Otro fracaso. Con tanto amor que tengo por dar...

No derramé una sola lágrima ante él. Hasta le ahorré ese apuro. Mi corazón se hizo pequeño, se secó, se marchitó junto a las flores de ese jardín olvidado o perdido, qué más da ya, que en su día me regaló. «¿Qué hice mal?», me pregunté. Ya nada tenía sentido. Me fui andando, sola de nuevo. Y, cuando su persona quedó ya lejos, me encogí sobre mi cuerpo, me hice pequeña, y el llanto ahora sí afloró como una auténtica catarata.

Un día lo volví a ver de nuevo. Fue en una presentación de un libro, de este sí recuerdo su título: *Don Juan. Seducción, amor y abandono*, de un tal Jesús P. B. Lo vi acompañado de una hermosa rubia, pelo liso y largo. Lo saludé de lejos y me devolvió el saludo con esa sonrisa en sus labios tan suya.

Ni tan siquiera se acercó a preguntarme cómo estaba.

Yo estaba mal. Muy mal. Frente a mí solo tenía un infierno polar de hielo negro. Ya no estaba en su mirada. Era para él transparente. Eso sí, frágil como el cristal. Su mirada hacia mí se apagó como lo hace un reflector.

Y a mí me cuesta olvidar su mirada ilusionante y apasionada, sus manos llenas de ternura, sus caricias lentas y apacibles, como quien tiene el tiempo a su favor. Su sonrisa dulce y cariñosa.

Yo, con infinito dolor, recojo mis recuerdos, mis sueños de nuevo truncados y todos los besos y caricias que le guardaba, así como mi cuerpo, que para él deseaba. Lo recojo todo y me marcho a mi rincón, que no es otro que bajo la estatua de Dafnis y Cloe.

Para mí el mundo ha fallecido. Mi destino es ser una estatua de sal. Los campanarios yacen silenciosos, pues las catedrales han perdido a sus dioses. Me confundo entre los miles de funerales de la humanidad, los presentes y los pasados.

Un bello atardecer me sorprendió llorando junto al pedestal, y en eso que los veo llegar a los dos cogidos de la mano.

Me escondí para que no me vieran en un sitio desde el que yo sí podía verlos y oírlos. Y fue justo delante de la estatua de Dafnis

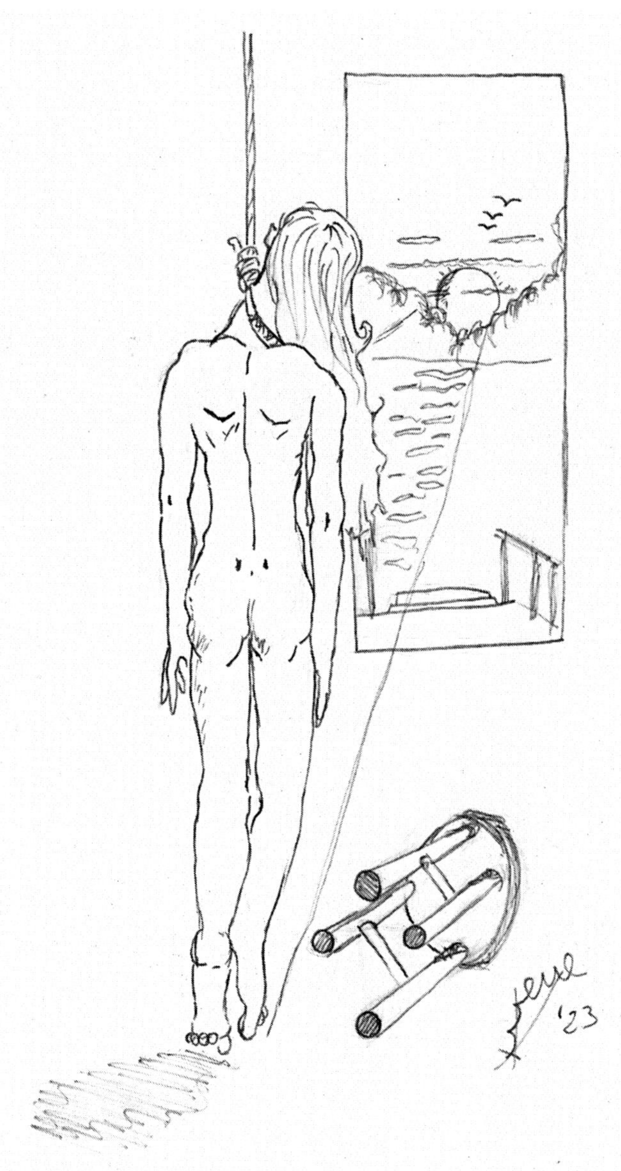
'23

y Cloe donde le dio un apasionado beso y le empezó a narrar la misma historia que a mí me había contado.

De nuevo todo había vuelto a empezar. La historia se repetía con el mismo trágico final.

Vi a la chica rubia irse cabizbaja, llorando, apesadumbrada, decepcionada, con un lento caminar.

Para ella fue toda una tragedia. Para él tan solo una conquista más.

Para Javier Alcover Moreno. Sueñas con pinceles y pinturas, y con ellos dibujas mis sueños envueltos de verso y poesía.

EL RELATOR

Un pollo azul. La arpía. Hellfire Club. Negro roto. Santa Compaña. El sillón del diablo. La leyenda de Tundunbau. Nyreai, la hermana de la muerte. Slenderman.

Soy un escritor desencantado con mi obra. Reñido con la inspiración. Ningún editor tiene fe en mi esquivo talento. Hasta Susan, mi mujer, me ha abandonado alegando que soy un fracasado.

Estoy roto. Parezco un tullido lleno de descosidos. Soy un otoño sin hojas. Un invierno que arde. Soy el viento que al acercarse cierra todas las puertas ante mí. Mis noches son una deriva infinita.

Yo me repito una y mil veces que el punto de partida para lograr algo es siempre el deseo. Yo deseo que me lean cientos, miles, millones de personas. Lo deseo con todas mis fuerzas. Pero, en mi mente, corrientes gélidas empujan palabras incompletas, sílabas silbantes sisean por mis oídos. Diáfanas lágrimas nunca lloradas se apoderan de mi sombra.

Dulcinea, ¿por qué tú también te fuiste?, ¿dónde irán a parar ahora todas mis palabras susurradas? Se fugaron como dioses arpegiados en mañanas ventosas y frías.

Quien no quiso cuando pudo, mi amor, no podrá querer cuando quiera.

¿Qué será de mí? Abandonado por ti y por todos.

Ser o parecer, esa es la cuestión. Ese es mi dilema. Todos tratamos de parecer lo que no somos.

Pero ¿qué sabéis vosotros de mí?, ¿por qué me estáis leyendo ahora? Dejadlo, pues aún estáis a tiempo.

Uno no puede negarse a sí mismo, Jesús. No puede negarse siempre.

¿Dónde están vuestros sueños? Os digo yo dónde están los míos. Primero se olvidaron para luego sumirse en lo más profundo de la oscuridad, para terminar rotos. Hechos pedazos.

Más la mente del poeta nunca permanece quieta.

Los días negros son solo la consecuencia de la acumulación de días grises.

Esta historia me la contó un compañero también escritor, además de amigo y familiar. Estábamos en una cafetería del centro de Valencia frecuentada por autores que tienen de escritor lo que yo tengo de torero. Pero, bueno, allí nos reuníamos todas las tardes a eso de las siete todos, o casi todos, los de este mundillo. Fue en una larga sobremesa cuando, comentando su obra, *La maldición roja*, que podéis adquirir a través de Amazon, salió a colación este relato.

J. A. Ll. R. no me pudo asegurar su veracidad, incluso me dio la impresión de que dudaba de él. Pero me causó tal impacto que ahora soy yo quien os lo paso a narrar.

Un escritor novel del que prefiero omitir el nombre, lo llamaremos en lo sucesivo Daniel, no lograba darse a conocer por mucho que lo intentaba. Las editoriales a las que acudía con sus manuscritos los rechazaban sin contemplaciones. Cuando ya se estaba dando por vencido, después de varios años en el dique seco de los escritores fracasados, se le presentó una oportunidad única. Una oportunidad que no iba a dejar escapar, sin pararse a pensar en las consecuencias de su acto.

Un día, navegando por la blogosfera, dio con un conjunto de relatos que llevaba por título *666 relatos malditos*, su propietario se identificaba como el Relator. Su última publicación databa de hacía más de diez años. El blog llevaba mucho tiempo inactivo. No pudo identificar al autor. En Google ese nombre le llevó a un perfil de Facebook. Pero su última compartición llevaba la misma fecha que el último de sus relatos publicados en su blog. Ambas plataformas habían quedado congeladas al mismo tiempo. Y diez años era mucho tiempo. ¿Qué le había podido pasar al Relator para enmudecer de este modo? De su perfil se deducía que era un varón nacido en 1940. Ahora tendría unos 83 años, eso si no había muerto.

Daniel pensó que tal vez sus familiares, de tenerlos, no habían pensado, o no habían sabido, cerrar su blog y su cuenta de Facebook.

Aun así, le envió un mensaje por Messenger y le dejó un comentario a su último relato publicado. Si en un plazo razonable no recibía respuesta alguna, daría por sentado que ese hombre no existía, al menos públicamente.

Sus relatos eran verdaderas obras de arte. Eran maravillosamente originales, inimaginables para una mente humana. Eso sí, eran terriblemente tenebrosos y arrastraban una maldición, tal y como anunciaba en su blog. «*666 relatos malditos*. Que nadie ose despertar lo que ahora está dormido».

No tenía seguidores. Ni comentarios. Salvo el mío. ¿Cómo un escritor tan talentoso había sido ignorado? «Debió de sentirse frustrado como él», pensó Daniel. O más si cabe, pues él a su lado tan solo era un simple aprendiz.

Leyó y releyó todos sus relatos. Cada vez se sentía más atraído por ellos y más maravillado. Él había oído hablar de que algunos autores solo habían logrado ser reconocidos tras su muerte, cuando alguien por casualidad descubriera sus manuscritos. Daniel era su descubridor. El Relator, o como se llamara el susodicho autor, igual había mantenido su afición por la escritura medio en secreto.

La ambición a Daniel le hizo ver en estos escritos prácticamente anónimos un botín precioso que le podía abrir las puertas de la fama. ¿Qué editorial podría negarse a publicar una recopilación de relatos tan extraordinarios como aquellos?

Durante las siguientes semanas hizo una selección de los que a su juicio eran los veintiún mejores relatos de aquel blog que le había caído del cibercielo.

Los elegidos eran espeluznantes. Nunca nadie antes habría leído nada igual. El caso es que apenas le costó convencer a una editorial de prestigio, una de esas especializadas en terror, y su libro salió a la venta.

Fue un éxito rotundo, como, por otro lado, era de esperar. La editorial no tardó en pedirle una nueva entrega y le pagó por adelantado una gran suma de dinero en concepto de *royalties*. Daniel solo tuvo que seleccionar veintiún relatos más de entre los que había en el blog.

Daniel alcanzó el éxito y la fama de una forma inmoral. Había plagiado la obra del Relator, pero no tenía remordimientos, si prácticamente nadie había leído sus relatos antes, cuando estaba vivo, ¿quién podría descubrirlo ahora?

La primera tirada se agotó en apenas unos días. Todos sus amigos y conocidos lo felicitaban y alardeaban de conocerlo. Lo paraban por la calle y se hacían fotos con él. Le pedían autógrafos y consejos para escribir. Por fin lo había conseguido. Se había hecho un escritor famoso y tanto la prensa como la radio y la televisión se lo rifaban. Era sin lugar a duda el nuevo Zafón. La fama lo acompañaba allí donde fuera.

En cambio, no podía conciliar bien el sueño y, cuando lograba dormirse, unas horribles pesadillas que tenían como protagonistas a los seres horripilantes de sus relatos lo martirizaban. Pensó que igual era un remordimiento inconsciente por lo que había hecho, pero estas persistían y cada vez eran más intensas. Por suerte despertaba casi de inmediato y a consecuencia de todo ello empezaba a padecer de insomnio y a envejecer prematuramente. No podía, o tal vez no quería, dormirse por temor a sus perversas pesadillas.

Primero acudió al médico y este le recetó un potente sedante. Ello fue su perdición. Inducido con ansiolíticos a un sueño profundo, no podía despertar de las pesadillas y, cuando finalmente lo hacía, las sábanas estaban revueltas y cubiertas de sangre.

Tenía moratones, arañazos, cortes y desgarros por todo el cuerpo. Daniel dedujo que todo ello se lo habría hecho él mismo de manera inconsciente al tratar de escapar de su propia pesadilla.

En su desesperación, pues se sentía atrapado por los seres de sus relatos, acudió al psiquiatra. Este le diagnosticó un brote psicótico.

Daniel, en cambio, estaba convencido de que era una venganza por haber plagiado todos aquellos relatos. Los seres que había engendrado el Relator se habían conjurado para hacerle justicia.

Se lo contó todo a su terapeuta. Y le dijo que en la oscuridad se encuentra el infinito y que en el blog…

—¿Pero de qué blog y de qué escritor me está usted hablando? Todo. Todo lo que me cuenta está en su mente. Créame.

Daniel llegó a su casa sudando de frío y de miedo. Buscó en Google al Relator, pero ni su blog de relatos ni su perfil de Facebook existían. Habían desaparecido sin dejar rastro. Se quedó perplejo, conmocionado. Un escalofrío le recorrió la nuca. Y fue entonces cuando empezó a oír voces que le susurraban al oído: «Despertaste lo que una vez quedó dormido, y ahora serás tú quien nunca jamás podrá dormir».

J. A. Ll. R. me dijo que llevaba más de veinte años encerrado. Había pasado por distintos psiquiátricos para terminar en el Aston Hall en la ciudad de Derby, en el Reino Unido. Según comentan los que lo han tratado, dicen que él asegura que una voz interior le dicta los relatos. «Es el Relator», afirma Daniel. Todos lo miran como a un loco y sonríen, y Daniel, ausente totalmente de la realidad que lo rodea, les devuelve la sonrisa torciendo su boca en una exagerada mueca.

Le dije a mi amigo J. A. que iba a investigar el caso. Ya tengo los billetes de avión. Hoy soy yo quien va a ir a verlo al Psiquiátrico de Aston Hall.

Dicen que solo se vive una vez, pero, oídme: si lo hacéis bien, con una sola vez es suficiente.

Todo tiene un final y cada final está escrito mucho antes de empezar la propia historia.

Lo sé. En ocasiones no estamos preparados para dejar que el final se nos aproxime.

Daniel me mira desafiante a los ojos. En esos momentos, reflejado en sus ojos, puedo ver todo aquello que fui, todo lo que pude ser y todo aquello que ya jamás seré.

Todo puede suceder o dejar de suceder. El final no es culpa de nadie, ¿o tal vez sí?

Daniel me dijo:

—Una vez que el humo se disipó y los aplausos del público se esfumaron, cuando definitivamente bajó el telón y las luces se apagaron, entonces, y solo entonces, quedamos solos tú y yo. Los dos sentados frente a frente. ¿Quién es quién ahora? Contéstame, valiente.

—Déjate de acertijos, Daniel, he venido para que me cuentes todos esos relatos. ¡Yo los escribiré!

—No sabes lo que te dices. ¿Eres consciente de que estás cometiendo un gran error? ¿Acaso te gusta lo que ves? En esto te convertirás…

Lo interrumpí:

—No es un error, Daniel, es una decisión, equivocada o no.

—¿Acaso quieres despertar a los demonios? Pobre ingenuo.

—¿De qué demonios hablas, Daniel? Son solo relatos. Relatos de terror. Ficciones. Letras sobre un papel.

Y pensé: «Si son tan buenos como me aseguró mi compañero J. A., seguro que triunfaré. Alguna editorial me los publicará y así conseguiré el anhelado éxito por el que suspira todo escritor. Prensa, radio, televisión: todo lo tendré a mis pies».

Daniel se quedó inmóvil como una gárgola de piedra. Sostuve su fría mano. El final solo es un momento y el suyo había llegado.

No me lo pensé dos veces, avisé al carcelero para que a su vez avisase a un médico, les dije que se había quedado muerto a mis pies al tiempo que guardaba sus manuscritos debajo de mi chaqueta de pana verde.

No lo dude: me llevé toda su obra. Cogí el primer vuelo destino a Valencia y me esperé hasta llegar a casa para abrir la tapa de tan ansiado libro. Ese era su último libro, hecho a base de manuscritos en la cárcel, siguiendo el dictado del Relator.

Cuando abrí la tapa de cartón duro, pude leer: «666 relatos malditos. Que nadie ose despertar lo que está dormido».

A partir de ahora aquí descansan mis sueños, pues no puedo dormir.

«¿Dónde duermen los sueños? ¿Sabéis si los muertos siguen soñando?».

Jesús Piquer Bestuer. El Relator

Para Carmen Bruixola Costa, pues aquello que hacemos en la vida tiene su eco en la eternidad.

GÓLGOTA

A mí tanto me da contaros esta historia, yo paso a la siguiente y tan contentos, pero tened en cuenta que es una historia seria. Que habla de cuestiones actuales y que, en mayor o menor medida, a todos nos conciernen o nos acaban afectando directa o colateralmente.

Si os lo vais a tomar a guasa, mira, punto, punto final. Y a otra cosa.

¿Qué hacemos?

¿La cuento o lo echamos a suertes?

Me voy a fiar. Todo empezó hace ya más de un año. Me encantan los atardeceres, en ellos los rayos de luz se descomponen y se transforman en anaranjados, rojos y violáceos. Pues así me quedé yo, descompuesto, cuando mi mujer me dejó.

Claro que él era delgado, guapo, alto. Todo un macho alfa, eso sí, la nariz un poco aguileña. Y era, por lo menos, veinte años más joven que mi mujer, o eso creía yo, hasta que más adelante me enteré... Pero, bueno, eso ya os lo contaré.

No importa cuán puro sea un sentimiento si la desilusión es más grande que este. Y yo, aunque me defendía bien solo en casa, lo estaba pasando verdaderamente mal. Estaba muy decaído.

Siempre he querido vivir en pareja, casarme, tener hijos, ser felices y comer perdices, pero ese cuento se había terminado. Y en ese momento veía todos mis sueños de futuro rotos y un presente desesperanzador. Con 50 años tenía que volver a empezar. Llevaba un año prácticamente encerrado en casa. Siempre me decía: «Mañana, mañana saldré».

Una tarde cualquiera de un mes cualquiera, un buen amigo me dijo:

—Tío, ¿estás bien? Creo que te hace falta salir, despejarte un poco, en definitiva, vivir.

—Ya, es que...

Y me interrumpió.

—Lo que tienes que hacer es ir a una quedada de esas de *singles* o como se llamen. Verás como te distraes, conoces gente nueva y por ahí se empieza.

—Ya, pero...

Y me volvió a interrumpir.

—Ni peros ni peras. Lo que te he dicho. Y espabila, que parece que estás *empanao*.

—¿Tú vendrás conmigo?

—Calla, calla. ¿Yo? Yo tengo una familia. Tengo planes con mi mujer. Yo no estoy por esos rollos. Eso es para gente sola, como tú. Tú hazme caso. Ve y verás como no te arrepientes.

El verdadero amor no se exige, más bien se entrega. Nunca se debe tratar de cambiar a una pareja: la aceptas y la comprendes o bien la abandonas. Y así estaba yo: abandonado.

Entré en un chat de quedadas en Valencia. Era sábado por la tarde y ponía que quedaban en Dreams, en la avenida de Aragón. Según el organizador, de tardeo y para lo que surgiera.

Bueno, iré. «Hay que llevar algo rojo», han puesto. Me pondré este jersey rojo que nunca estrené. Y saldré a la calle buscando amor.

Aparqué el coche delante del campo de Mestalla. Ya eran las ocho y Dreams estaba *petao*. Había un ambientazo que lo flipas. Era una quedada *top remember* y, cuando entré, estaba sonando *I promised myself*. Aquello prometía.

Llevaba apoyado en la barra como un pasmarote más de diez minutos, mirando para todos lados, y sí, casi todos llevaban algo rojo.

Al final me decidí, me fui hacia una pareja que había en la barra charlando y les pregunté:

—¿Vosotros sois de la quedada?

—Pero ¿de qué quedada hablas, tío? Menudo *empanao*... Otro al que se la han pegado; con esa cara de pardillo, no me extraña. La quedada, tío, es en el Pub Cachao, que no te enteras, chaval. Con gente como tú, nuestra raza se extingue en cuatro días, bobalicón.

Agaché la cabeza y, cuando me disponía a pagar la Coca-Cola e irme, me sujetó del hombro el otro chaval que estaba allí con él y me dijo:

—No le hagas caso, hombre, que es un cachondo. Pues claro que es aquí. Eres un tío y ha dicho: «Lo enviamos al *pub* de la acera de enfrente y eliminamos competencia». No le hagas caso, es un bromista. No te tomes en serio lo que te ha dicho, chaval, es que con ese jersey color pimentón maduro, ¿dónde crees que vas? No hace falta vestir *remember*. Anda, quítatelo que te vas a asar de calor.

—Es lo primero rojo que he visto por casa.

—Ya, pero con una pulsera, un pañuelo, alguna prenda que no se vea, por ahora.

Me fui de allí, justo al otro lado de la barra. Cuando llevaba tres Coca-Colas se me acercó un hombre con un corbatín rojo y me dijo:

—Hoy esto está que se sale, tío. Ahora bien, son los de siempre, yo ya me conozco todas las caras, en cambio, tú eres nuevo, ¿no?

—Sí. ¿Tanto se me nota?

—¿Sabes que aquí hay gente que tiene 150 años? Casi todos tienen más de 100. Yo, por ejemplo, tengo 133 años. Llevo viniendo a estas quedadas mucho tiempo. Aquí mojas seguro, tío.

—¿Qué eres, un vampiro?

—¿Tú estás *chalao* o qué? Yo soy como las marmotas: cuando hiberno, regenero las células. Yo nunca envejezco.

—Vale, vale. Perdona.

—Mira a aquella rubia, chaval, ¿no me dirás que no es un sueño de mujer? Hace honor al nombre del *pub*.

Me giré a verla. Y sí. Era una preciosidad, monísima, tenía un tipazo. Vestía con minifalda escocesa, camisa embotonada blanca, medias y zapatos de tacón negros.

—¿Y también es de las nuestras? Es decir, ¿es de la quedada, lleva algo rojo?

—Averígualo tú mismo. Ellas lo llevan bastante escondido para que se lo busques. Tú ya me entiendes.

—Sí. Sí. Ya me imagino.

—Pues con imaginarlo no basta, chaval. Lánzate, vamos.

—No le preguntaré la edad, no sea que la ofenda.

—Joder, tío, eres un cachondo. Mira. Mira. Si viene hacia ti. Ha olido carnaza nueva, ja, ja, ja.

—¿Qué tal, guapito? He visto que te has quedado mirándome y me he dicho: «Quizá le guste al bomboncito ese». Y, como esta fiesta ya me está aburriendo, ¿qué te parece si nos vamos juntos a mi pisito? Mi dormitorio tiene unas vistas a Cuenca insuperables.

Os juro que me asusté. No se me ocurrió otra cosa que decirle que me tenía que acabar la Coca-Cola...

Y me cortó.

—Menudo *abobao* —le oí decir. Y se fue hacia el marmota y le dijo—: ¿Tú también te vas a tomar una Coca-Cola? Pues yo estoy que no me aguanto.

Y nada, la rubia que se fue con el marmota. Este no perdía el tiempo y la llevaba cogida del culo hacia la puerta del *pub*. Aún tuvo tiempo de girarse y guiñarme un ojo.

Total, que me volví a quedar solo. Ya serían mínimo las diez de la noche, en este momento estaba sonando:

Tan, tan, tan, tan,
ya llegó el gallo que manda. Levántense.
Arriba. Arriba. Arriba. Arriba gallinero.
Tambaleándose. Tambalea. Tambaleándose.

Allí todo el mundo bebía sin parar, pero comer, nadie comía. Eso sí, se devoraban a besos. Y yo tenía hambre de todos los tipos. Estaba por tirar la toalla e irme. Pensé: «Por lo menos cuando llegue a casa me comeré un bocadillo de lomo *empanao*».

En eso que la chica que estaba a mi lado, una pelirroja estrechita, delgadita y bonita, me dice:

—Tú.

—¿Yo?

—Sí. Tú. ¿Quién va a ser? Me estás pisando las bragas.

Joder, pues sí. Se las recogí y se las di.

—Se te habrán acabado de caer.

—Es que rojas, solo tenía las de mi madre, y me vienen un poco sueltas. Igual, si me las subes tú y me las aprietas bien...

—Tú, imbécil, qué haces ligando con mi chica. Será que no hay... para que tengas que ligarte a mi muñequita. Humo. Humo.

Total, que me iba hacia la salida cuando una rellenita y con gafas chic me dice:

—Tío, tienes cara de escritor.

Me quedo parado. Y pienso: «¿Será vidente la tía?».

—Es que aquí vienen todos los tíos más raros, pero tú te llevas la palma, tío.

—Bueno, algo escribo, pero tanto como escritor...

—Ya. Ya. Ya sé cómo escribís esas cosas tan raras y sin sentido alguno. Os lo dicta el quídam. Tramposos. Él es el verdadero autor de todos los relatos más famosos. Maupassant admitió haber visto uno, y que este le dictó su obra. De todos es bien sabido que todas las obras maestras han sido dictadas por ellos.

—Pero si el quídam no tiene cabeza...

—¿Acaso tú la tienes? —me preguntó riéndose mientras se iba.

Yo me toqué la cabeza desesperado, y en esto que noto que me aprietan por detrás contra la barra.

Al darme la vuelta, veo a una chavala de treinta y pocos. No sé yo, igual tenía menos, pero también podía tener 125, vete tú a saber.

—Oye, guapo, ¿llevas mucho rato solo? ¿No te aburres?

—Bueno, la verdad es que me entretenía contando los que éramos en el *pub*, luego hacía una estimación de la edad de cada uno. Las estaba sumando todas y me daba cerca de cinco mil años o así.

—Yo también puedo darte, graciosillo —me dijo una guapa morena de pelo corto.

—¿Darme? ¿Qué vas a darme? Pues a mí me apetece un bocadillo...

—Yo tengo una longaniza que el chorizo de cantimpalo se queda corto a su lado. Igual te sirve.

En ese momento le estaba dando el último trago a la Coca-Cola y me salieron hasta las burbujas por la nariz. Empecé a toser y a escupir porque me estaba atragantando y en ese momento me oigo:

—Míralo, si además es bien guarrete: ya está escupiendo antes de tragar.

Como pude, me escabullí de allí, cogí mi jersey rojo pimentón y me dispuse a irme por enésima vez.

Estaba saliendo por la puerta cuando el segurata me cogió por el brazo y dijo:

—Mira, mira. Otro listillo que se quería ir sin pagar. Muchacho, que la entrada son 50 euros, ¿o te piensas que todo esto es gratis?

—Ya, ya, pero yo era salir, no entrar.

—Quien no paga al entrar paga al salir, *espabilao*. Así que ya estás pagando.

—Solo me asomaba para coger aire —le dije, y me volví dentro.

Si os digo la verdad, llevaba cincuenta euros, pero después de cinco Coca-colas apenas me quedaban unos veinticinco. Empecé a sudar y a maldecir a mi amigo. Tenía tanta hambre que me empezaron a entrar ganas de vomitar.

La música cada vez sonaba más y más fuerte, y el *remember* se había hecho *remember* pero de verdad. Pues, claro, como estos eran tan mayores, se ve que iban poco a poco retrocediendo años en la música. Ahora sonaba:

Bailemos el bimbó, bimbó, bimbó,
que está causando sensación,

con esa melodía que te va directo al corazón.
Bailando sin parar. Bailar bimbó…

La gente iba ya a tope. Hombres enrollándose con chicas. Chicos con chicos. Mujeres con mujeres. Hombres con vete tú a saber qué. Y cada vez más calor. Y cada vez bebían más y se iban quitando más y más ropa.

—Oye, monada, ¿quieres ver dónde llevo un lacito rojo? —me soltó una niña con más nuez en la garganta de la que tenía mi padre.

—No, gracias —le contesté—. Estoy con tu amiga morena. —Y le señalé con los ojos a la chica, o chico, de antes, la cual no perdía el tiempo, pues ya le estaba metiendo mano a otro caramelito que tenía a su lado.

Entré en el baño de hombres. Todos los baños ocupados y yo con ganas de vomitar.

Otra mano que me cogió por detrás.

—¡Hombre, si es Jesús! ¿Qué haces tú por aquí, tío? ¿A ti también te van estos rollitos? Cómo nos tenías *engañaos, juláí*. Con lo buenecito que parecías.

En esto que se saca el carné, un billete de veinte euros, un polvillo blanco, hace dos rayitas encima y me dice:

—Esto hay que celebrarlo, cabroncete. Y parecías *embobao*. No te lo tomes a mal amigo. Hoy mojas seguro.

Nada. Le cogí el billete de veinte euros y le refilé todo el polvo blanco por la cara. ¡Será imbécil...! A pocas no me llama disminuido, tullido y apocado. Me fui de los baños a toda prisa. Aún me faltaban cinco euros para poder salir de aquel maldito antro.

Todo eran empujones, que si una mano en el culo, me rozaban por aquí y por allí. Un beso en el cuello. Un «Amorcito, ven *pa'cá*». Por un momento pensé que estaba en Sodoma o en Gomorra.

Qué remedio, volví a la barra. Ahora sonaba en el *pub*:

Son tus perjúmenes, mujer,
los que me sulibeyan,
los que me sulibeyan
son tus perjúmenes, mujer.
Tus pechos, cántaros de miel,
cómo reververeyan, cómo reververeyan.
Tus pechos cantaros de miel.

Parecía Jesús camino del Calvario. Hacia el Gólgota, monte de la calavera. Pensé: «Dios, perdónalos, pues no saben lo que se hacen. Tengo que aprovechar que alguien pague, le cojo el dinero y me largo de este tugurio abandonado de la mano de Dios».

«Ve, allí lo pasarás bien —me había dicho mi amigo J. A. C.—. Conocerás gente enrollada. Todo menos quedarte en casa». Lo cojo y lo mato.

Ya casi serían las dos de la madrugada y no había conocido a nadie normal. Pero es que allí la gente iba a todo menos a conocerse.

En eso que la morena, o moreno, volvió al ataque:
—Ni cinco minutos me ha durado ese chulito de camisa azul —me dijo—. Ha sido entrar al váter y...
La interrumpí:
—Un momento —le dije.

—Por Dios, ¿ese no es el novio de mi exmujer? Tengo que estar soñando. Pégame fuerte en la cara —le dije a la morena a ver si me despertaba ya de una maldita vez.

—¿No prefieres que te dé en otro sitio, corazón?

Se estaba enrollando con un calvo barrigón, las estrellas de la bola del *pub* se le reflejaban en la cabeza y tenía mostacho y una barba lacia y blanca de dos palmos toda desaliñada. «Pero qué asco», pensé.

—Cariño, ¿estás conmigo o dónde estás? —me dijo la morena, ansiosa ya por besarme.

—Invítame a un cubata de ron con cola, que le pongan vodka y tequila también. Me gustan fuertes, muy cargados.

—A ti sí que te voy a cargar yo las pilas. Llevas toda la noche bebiendo, chavalote. No sé cómo aguantas.

—Nos hacemos la última y nos vamos —le dije a la morena.

—Camarero, un tumbabarcos para el señor; a mí me pone San Francisco tocadito de ron. Con pajita, por favor.

—Ese tío de la barba blanca que se está comiendo a besos al Alain Delon ese debe de tener por lo menos 140 años.

—Ja, ja, ja, ja —rio la morena—. En todo caso tendrá 40 y un buen palote delante.

En eso que sacó cincuenta euros para pagar. Y me dije: «Ahora o nunca». Hice como si tropezase al coger el cubata y se lo eché por el escote de talla 100 que se gastaba la morena. Mientras ella gritaba como si la hubiese arrastrado un sunami, cogí los cincuenta euros y salí a toda prisa. Aún pude oír al camarero:

—¿Y esto quién lo paga?

El dinero fue de mi mano a la del segurata en cuestión de segundos. Y salí del *pub* corriendo mientras sonaba en el interior:

> Dos gardenias para ti,
> con ellas quiero decir:
> «Te quiero, te adoro. Mi vida…».

Camino del coche, ya casi las cuatro de la madrugada, pensé: «Jo, qué noche. —Pero, luego me armé de valor y me dije—: Esta solo es la primera, a partir de ahora van a ver quién es Jesús. Que se preparen Matusalén y compañía, que Jesús, *el Resucitado*, los estará esperando en las próximas quedadas».

Para mi esposa, Susana Priego de la Cruz. Siempre un paso delante de mí. Abriéndome camino. Restando hierro a las dificultades. Firme. Resistente. Infatigable.

ESCRITORES MALDITOS

UEI

Phoenix. Arizona. Año 1957
Un día antes
Habitación del escritor

Una nueva lágrima surca mi mejilla. Su roce es igual al de tus dedos acariciándome mientras me besabas.

Pero sigues ahí. Balanceándote. Golpeo con mi cabeza la pared, la que separa la cruda realidad de los cuervos que me espían desde dentro. Pero mis pájaros están disecados.

Tus palabras suenan mordidas en mis pensamientos.

—Me portaré bien. Madre.

Miro por la ventana y veo gatos sin cascabeles lamer las heridas de sus patas, lo mismo que yo hago con mis recuerdos.

Un día tuve un amor. Quizá nuestro amor solo fue uno más. Un relato. Fuimos figurantes de un guion de un escritor con amargo final.

Las palabras sobran si hay afecto, pero, sin abrazos, besos y caricias, ¿qué hay?

Nuestros besos se perdieron en un pasado borroso que cada vez me cuesta más recordar.

En ti solo vi desgana, aburrimiento, pereza e indiferencia. ¿Dónde quedó tu amor?

Una tremenda soledad me acecha entre estas cuatro paredes. Todavía ando buscándote por el filo de la cama.

Cuéntame lo que nunca me dijiste para que mi alma pueda descansar. O calla para siempre y observa cómo me asfixio entre tus recuerdos. La evidencia de tu abandono llena de pulgas mi cabeza.

Y ahora escribo sobre tipos que viven en la calle, sobre madres que mueren escondidas en sus casas, sobre chicos golpeados por una sociedad corrupta y degradada.

Pero algún día buscarán mis primeras ediciones, como quien busca el maná en el desierto o el oro en ciudades perdidas en las selvas más tupidas y entreveradas.

Os seré tremendamente sincero: no os aguanto, me asquean vuestros presuntos valores de una sociedad que pierde más tiempo en aparentar que en ser.

Sí, vosotros, los intelectuales, sois siervos marchitos que no sabéis más que decir trivialidades de la manera más complicada.

Vuestra vida está vacía de interés. Sois unos derrotados, que no es lo mismo que unos perdedores, ya quisierais ser vosotros perdedores de algo. Estáis imbuidos por el sistema.

Solo hay una verdad, y esta, por desgracia, sí que es cierta, y lo siento por aquellos de vosotros que me estáis leyendo y penséis escribir, pues hay que ser un perdedor total para ser un gran escritor.

Soy un incomprendido. De mi escritura emana un aire gótico, una poesía siniestra, alejada ya del romanticismo y la leyenda para caer en la más oscura, sugestiva y devastadora realidad. Lo siento.

Mis escritos son una amenaza para la moral que rige vuestros destinos. Una irreverencia para lo que denomináis *progreso*, y una burla hacia la burguesía acomodada y electa. Voy más allá de la moral heredada. Juego con vuestros deseos más abyectos y soy capaz de mirar a la locura con los ojos bien abiertos.

He pasado días, meses y años enteros bajo el refugio de la lectura. Nada acalla el ruidoso silencio. Sigo viendo tu gesto de desprecio, de «Ahí te quedas», de «Vete con el viento». Una espesa niebla de susurros llena mi soledad de gritos ahogados.

—Nadie te hará daño, hijo.

Bajo la sombra de mi propio sueño nadie puede juzgarme. Qué mejor desprecio que no hacer aprecio de mis llantos, de mis súplicas, de mi amor que, como liviana pluma se llevó el viento.

—Es muy triste que una madre tenga que declarar contra su propio hijo.

Te fuiste mucho antes de marcharte. Ni lo vi, ni lo sentí, ni lo noté. Mi paz solo llegará cuando mi soledad sea completa. Quise pertenecer a otros labios, pero resbalé con mis propias lágrimas.

Un iris esmeralda seguía vibrando por tu amor, prisionero ya de unos párpados ancianos. La desesperación me consumía por dentro. Pero yo continuaba escribiendo.

Nadie me podrá juzgar por falta de persistencia. Si hay algo que me caracteriza es la tozudez con que cada noche me siento a garrapatear letras, ideas e historias que he rumiado durante el día tratando de mantenerlas en la cabeza hasta ese momento supremo en que me encuentro en soledad en la intimidad de mi habitación.

Esta noche, al igual que todas las noches, me siento a escribir la que considero mi obra suprema. Tiempo, abundante léxico y mil ideas fluyen en mi mente.

Pero me falta lo más importante: la confianza en mí mismo. Esa que me impidió terminar muchas historias que solo una mente como la mía podía concebir: «Lo que escribes no va a ningún lado», «Nadie te lee», «¿Tú quién te crees?».

El miedo a dar vida a las palabras y letras que empiezan a flotar en mi mente hace que todo acabe arrugado en la papelera.

Pero las palabras salen del ordenador y alzan el vuelo flotando en mi habitación, como tratando de escapar de una muerte segura.

Historias reales o imaginarias, verosímiles unas y desesperadas otras, ninguna va a tener la oportunidad de alimentar la mente de otras personas. De ampliar su visión con otros mundos, otras atmósferas y otros actores. Ninguna llegará a la cabeza de esos potenciales lectores. Solo eran pelotas de papel impreso con mis ideas que terminaban en la pequeña papelera, que se desbordaba noche tras noche en un *déjà vu* repetitivo y enloquecedor.

Esa última noche me quedé inmóvil en la cama mirando a un punto fijo en la oscuridad. Frustrado. Decepcionado de tanto cúmulo de ideas rotas. Estas, en la intimidad de la noche, se habían imprimido solas y querían salir para volar de mente en mente, de persona en persona.

Yo las veía revolotear por mi habitación con vida propia. Me abrumaban. Oía sus quejidos. Barruntaban historias con chillidos espeluznantes, y encendí la luz. Nada, no vi nada. Pero la luz se volvió a apagar sola y todo empezó de nuevo; sonidos guturales reclamaban mi presencia. Tal vez, en el umbral del sueño, este me había tendido una trampa.

Volví a encender la luz y ella sola se apagó. Quejidos de ultratumba, opacos, continuos, y un grueso aullido tan real como indescifrable me hizo que me levantara de un salto de la cama.

Las historias que yo pensaba que no valían se habían revelado contra mí y se resistían a no trascender. Levantaron el vuelo y me exigieron, a un pobre escritor como yo, ser publicadas. Una ráfaga de aire abrió mi ventana y por ella empezaron a salir historias jamás contadas.

Las historias se habían apoderado de mí, de mi serenidad. Estaba desquiciado. Letras, palabras e ideas empezaron a revolotear sobre mi cabeza sin clemencia logrando que mi mente se trastornara.

Llegué a dudar si fui yo quien creé esas historias o ellas me habían elegido a mí para que las escribiese y las publicara.

Ahora ya era tarde para todo. Norman amaneció en la cama enloquecido, sin norte, con la mente enajenada. Cogió su machete y atrapó unas cuantas antes de que se desparramasen por su ventana.

P. D.: El resto ya lo sabéis. Cogió sus relatos, «La isla de las cabezas rotas», «La mano diseccionada», «El pacto», «Cristabel», «No le preguntes nunca a Robert Linus» y «El misterio del gato cliptonizado», los ordenó en una carpeta y cogió un autobús hasta la Random House Editorial. Su destino era el despacho del editor Johnson Smith.

—Yo, que solo puedo estar sentada y observar, como lo hacen sus pájaros disecados. No pienso mover ni un dedo, no haré ni un solo movimiento. Probablemente me vigilan. Pues que me vigilen. Que vean que soy incapaz de matar una mosca.

J. P. B.

París
Barrio de Montmartre

El verdadero ardid radica en hacer creer a los demás que sientes justo lo contrario de la emoción que tienes en el interior. En eso era todo un profesional. Hacía tiempo que no tenían efecto en mí abrazos baratos y palabras vacías. Sufría de alexitimia. Ya era incapaz de reconocer mis emociones y mis sentimientos propios. Y no digamos de mostrarlos.

Me ocultaba cada día tras las letras, tras los versos que escribía. Ocultaba mi sombría apariencia tras una sonrisa natural. Nadie se daba cuenta de ello y permanecía envuelto en la mayor soledad que pueda haber. Y esta me asfixiaba. Las manecillas del reloj avanzaban y el tiempo transcurría. Me refugié entre cuatro muros y solo permití la entrada de libros. Ellos eran los únicos que me acompañaban en el olvido.

Si errar es de humanos, reconocerlo de sabios y perdonar es un don divino, yo últimamente cada vez era más humano, menos sabio y nada divino. Hacía tiempo que había perdido toda mi divinidad.

¿Por qué todo tiene que ser tan efímero? Las cosas realmente valiosas son las que menos duran y las que más duelen, y a mí tu amor me sigue doliendo.

La vida de un escritor no es nada fácil. Todo el tiempo tiene que estar pensando en qué escribir, qué historias contar y cómo narrarlas. Esta solo es la historia de un solitario escritor cuya carrera comenzaba a despegar.

Sus lectores eran sobre todo mujeres, que eran las que más disfrutaban al leerlo. Tenía una forma peculiar de escribir: empezaba hablando en tercera persona, como un personaje omnipresente, como un narrador, para pasar cuando el lector menos se lo esperaba a hablar en primera persona, metiendo de manera inherente a este como parte de la historia. Él terminaba siendo siempre el eje central de la trama.

El escritor pasa horas y días enteros en soledad frente a su escritorio escribiendo como si no hubiera un mañana, la mayoría de las veces historias de amor, algunas de ellas trágicas, otras felices, hacía verdadera magia con solo plasmar sus ficciones sobre el papel.

Me encontraba en París, ciudad de la luz y del amor. Pero en cambio yo no tenía amor alguno. Ninguna mujer a mi lado. Me bastaba con escribir e imaginar todas esas historias de amor que solo vivían en mi mente. Y de este modo era perfecto, pues nadie más que yo controlaba el final.

Todo cambió una tarde cruzando el famoso pont des Arts, no era el puente de los Suspiros de Venecia, pero de súbito me pareció oír uno.

Levanté la cabeza para ver quién pasaba por mi lado. Había gente por doquier, y no pocos enamorados colgando su candado de amor.

«¿Dónde irán a parar todos esos candados? ¿Serán subastados? ¿Y qué fue del amor que los unió? ¿Qué quedará de él? —todos esos pensamientos cruzaban mi mente en ese instante—. La magia del momento siempre perdurará», pensé. Los amantes sellan con un beso su amor eterno y unen el candado al puente, como este une a su vez el Museo del Louvre con el barrio de Saint-Germain-des-Prés, que está en la otra orilla del Sena.

Un suspiro. Había oído un suspiro que me había sacado de mi ensimismamiento. Y en ese momento la vi. Miraba un candado, uno entre miles, y lanzaba un suspiro. Pareció caerle o tirar un papel, este revoló y, en vez de ir a parar al río, acabó a mi lado. Lo miré y se trataba de una carta de amor. Me giré y ella continuaba allí. Decidí volver para darle de nuevo la carta.

Unas lágrimas le resbalaban por la mejilla, levantó la vista y me miró, se sorprendió, tal vez le pareció conocerme, mas agachó la vista y me susurró:

—Esa carta ya no significa nada para mí, la guardé durante muchos años, pero ahora se la devuelvo al río. Solo al río, al puente y a París pertenece. Tampoco tiene sentido alguno ya este candado, que se abre con dos llaves: yo solo tengo una de ellas, la otra se la quedó... —Y no continuó.

La mujer tenía una belleza diferente, esa que por distinta te enamora, pero ella, con sus ojos lagrimosos, no llegó a verme bien, y yo, como apenas levanté la cabeza, únicamente me quedé con algunos detalles. Llevaba pantalón vaquero y una blusa blanca, el pelo rubio liso y suelto. Su voz me pareció dulce, como su rostro, que apenas pude entrever. Toda ella emanaba naturalidad, me la imaginé con las facciones de la Venus de Milo.

Luego su voz se tornó trémula, y mis manos se rozaron por un momento con las suyas cuando me disponía a entregarle la carta. Levantó por un segundo la vista, nuestras miradas se entrecruzaron y nuestros ojos resplandecieron. Durante décimas de segundo el tiempo se detuvo, el mundo dejó de rodar, las aves de cantar, la gente pareció enmudecer, y el sol brilló con rayos multicolores haciendo que el cielo parisino pareciese la puerta del paraíso.

Ambos sonreímos y nos ruborizamos a la vez, pues aquella situación nos había dejado en trance. Era como si hubiese pasado un ángel, Cupido tal vez. «Si no está en París y en este puente, ya me dirás tú dónde puede estar», pensé.

No me cogió la carta, nuestras manos se deslizaron y sentí el rubor de sus mejillas, en contraste con su tez clara, las uñas de sus manos eran rojas, pero no estaban perfectamente pintadas, su figura era más bien discreta, delgadas piernas largas, pantalón ajustado, sonrisa tímida. «Seguro que tiene algún secreto que guardar», volví a pensar.

Me armé de valor y, mirando el candado, le dije:

—¿Sabes qué hora es?

—Las 19.30. ¿Por qué?

—Mañana a esta misma hora te estaré esperando aquí. Justo enfrente de este candado.

—¿Cómo sabes qué candado es?

—No sé. Es como si ya lo conociese. No me equivocaré.

Lo que os voy a contar no os dejará de sorprender. El escritor volvió a su habitación alquilada, en un diminuto piso en el bohemio barrio de Montmartre. Y todo le empezó a encajar: esa llave que su hermano guardaba tan celosamente en el cajón de su mesita, cartas de amor. Su prematura muerte lo frustró todo.

Fue arrollado por un Renault cuando cruzaba la calle con un ramo de rosas de Lachaume, en la rue du Faubourg-Sainte-Monoré, 8th.

No llegó a acudir a su cita. No.

Pero, claro, ahora empezaba a recordar, habían pasado veinte años. Él le dijo que no fuera a la cita, pero se ve que se empecinó y decidió ir igualmente.

Abrió su mesita y hurgó entre sus papeles. Apareció una foto donde el escritor, con apenas 18 años, y una bonita niña de 14 se fotografiaban juntos colgando un candado que se cerraba con dos llaves. Cada uno tenía una en la mano, y una sonrisa de felicidad emanaba reluciente de sus jóvenes rostros.

Junto a la foto estaba también la llave.

Pero ¿por qué estaba todo en el cajón de la mesita de su hermano fallecido? Ambos habían vivido juntos allí durante unos años y él nunca había vuelto a tocar nada.

Al día siguiente decidió no ir a la cita. No acababa de entender aquella historia, algunas lagunas quedaban en su mente y así no podía ir, estaba hecho un lío.

En cambio, la mujer sí que fue. Y lo esperó por más de una hora para, finalmente y de manera triste, irse poco a poco confundida de nuevo. Estuvo a punto de echar su llave al Sena por la decepción, como había hecho con la carta que finalmente recogió aquel extraño, cuya cara, al pararse y recordarlo, más bien le sonaba. Le recordaba un pasado lejano.

La mujer siguió yendo uno y otro día, siempre puntual a las 19.30, enfrente de su candado. Pero nadie acudía, siempre se quedaba sola.

El escritor empezó a perder su magia. Su don se había esfumado. Era extraño, pues todo había comenzado tras conocer a esa mujer, que se parecía a la niña de la foto que había en el cajón de su hermano.

Ya no podía escribir. Y no podía escribir porque no podía concentrarse, y no podía concentrarse porque estaba enamorado, aunque le costase admitirlo.

Era un escritor maldito como Tristan Corbière, Arthur Rimbaud, Stéphane Mallermé, Marceline Desbordes-Valmore, Auguste Villiers de L'isle-Adam o Pauvre Lebian.

No se concentraba, ni historias de ficción, ni de amor, ni de suspense, nada. En su mente solo tenía espacio para ella. Y su realidad en ese momento era, cuanto menos, extraña.

¿Enamorado? ¿Realmente estaba enamorado de aquella mujer que solo había visto una vez? ¿O había algo más?

Sintió la necesidad de escribir algo real, especial, pero solo para ella. Definitivamente ese amor lo cegaba. Su historia de amor solo podía tener una lectora, y esa no era otra que su amada.

Pero todas las historias de amor que escribía terminaban en la chimenea, consumidas por un fuego que acallaba las cartas, pero incrementaba su amor. Sus manos sin su pluma permanecían vacías y sus palabras confundidas se esfumaban con el humo de la leña que quemaba.

Algo se escondía tras sus recuerdos, algo que no lograba desentrañar y así se perdía entre tinieblas noche tras noche.

Cuántas veces intentó escribir y las palabras se resistieron a ser escritas. Cuando estas se agotan, la vida de un escritor no es fácil. Y eso es porque, como él, están enamoradas.

La mujer del puente de los candados de París le había robado toda la inspiración. Su poder para narrar historias de amor le había sido robado, y eso era porque el amor había pasado de su mente a su corazón. Este escapaba de la razón y había pasado de las letras a la más hermosa realidad.

La vida de un escritor está llena de altibajos, de sueños inalcanzables, oscuros, rotos, perdidos y olvidados en algún rincón.

En este caso el rincón estaba en el céntrico pont des Arts de París. Puente que arde con las ansias de los amores que llegan, que ocupan los lugares de los que ya se fueron, se desvanecieron o, simplemente, se olvidaron.

Pues el amor nace, crece, se vuelve sublime para después apagarse como lo hace una llama, tanto más aprisa cuanto más fuego haya, cuanto mayor fuera la pasión o el amor. Cuanto más vistosa y hermosa sea la llama del amor, con más fuerza y más rápido se consume y se apaga.

Y ahora lo logro recordar todo. Me asusté, era joven y, a pesar de haberle enviado una carta para quedar con ella allí, en nuestro trocito de puente que se adornaba con nuestro candado de dos llaves en forma de corazón, nunca fui.

Quería ser libre, viajar, volar, escribir, soñar.

Mi hermano me recriminó que no acudiera y, contra mi voluntad, fue él pensando darle alguna escusa que me disculpara, ya que estaba convencido de que se me pasaría esa ansia febril de libertad.

De camino, decidió comprarle un ramo de rosas y dárselo de mi parte. Pero todo se precipitó: murió atropellado con el ramo de trece rosas rojas en la mano.

Nunca perdoné a aquella niña la muerte de mi hermano, a quien sin merecerlo le hice responsable en última instancia.

Tiré todas mis cartas, mis fotos y la llave del candado al cajón de su mesita, el cual, hasta ahora, no había vuelto a abrir. Habían pasado veinte años. «Veinte años no es nada», pensé.

Yo era el de la foto, y ella la niña a la que tanto amaba, a quien rechacé sin culpa alguna y jamás volví a buscar.

No sé si mañana, cuando a las siete y media de la tarde vaya con mi propia carta y con la llave del candado, aún estará esperándome enamorada. Pues el amor, como algunos fuegos, con el viento y las adversidades se acrecienta, se hace perpetuo, fatuo e inmortal, y nunca acaba.

Yo mañana no fallaré por tercera vez a mi cita en ese puente del amor donde reside Cupido y tantas lágrimas ha dejado caer mi amada.

No sé si mañana estará esperándome en su puente, mi puente, nuestro puente, ahora el puente de mi Esperanza.

Para mi amor: Esperanza. Tal vez el nombre sea lo único ficticio dentro de esta historia de amor por fin contada.

Pequeño fragmento de una carta enviada al CIR Centro. Centro de Formación de Tropa. Ejército de Tierra.

29 de julio de 1996

Amor mío, no me dejes nunca. O destrozarás mi corazón. No dejes de pensar en mí ni un momento. Pues yo te seré siempre fiel, y siempre estaré a tu lado. Te amo infinito elevado a infinito.

ENERGOATUM

De repente todo se volvió oscuro. Muy oscuro. Negro absorbente.

Rafelbuñol. Finales de 2003.
Esta historia está basada en hechos reales.

Trataré de contaros lo sucedido con el mínimo de palabras posibles. Lo último que pretendo es haceros perder el tiempo. Nada más lejos de mi intención. No soy yo mujer de adornos, florituras y boatos. Eso lo dejo para los suripantas, espantajos y figurantes. Mamones del fantasmeo.

Nací con el don de la mentira y del engaño. Solo me dejé llevar por él. Nadie más que yo sabe lo que estoy pensando en este preciso momento.
Mas esta historia es real de principio a fin.

La última semana fue dura para mí. Doce años de feliz noviazgo rondando por mi cabeza. Pero ya no lo podía demorar más. Lo tenía todo estudiado. Nada podía fallar.

Fui muy feliz. Tuve momentos buenos y momentos mejores. No viene al caso recordarlos. Nuestro noviazgo había sido mágico. Pero tenía un amante: Víctor.

Lo deseaba a cada hora. A cada instante. Llevaba ya un año con él. Bueno con los dos.

Era un lunes, 22 de diciembre, una tarde oscura y ventosa. Para mí sería una tarde más; ahora bien, mi novio ya jamás la olvidaría.

Tengo que llamarlo y dejarlo, pero por teléfono no.
Marco el número de su casa.

—Sí.

—¿Jesús?

—Soy yo, amor mío. Dime. ¿Quieres que te acerque algo?

—No. Con que vengas tú, me sobra.

—Si sabes que voy todas las tardes.

—Era por asegurarme. Quedamos como siempre a las siete delante de mi casa.

—Allí estaré, cariño. Tengo muchas ganas de verte. De pasear contigo. De contarte miles de cosas. Bueno, como siempre, amor, tú ya me conoces.

—Vale. Pues a las siete. —Y le colgué.

«¿Cómo se lo digo?», no paro de darle vueltas a la cabeza. Él no sabe nada. Ni se imagina nada. Hemos puesto fecha para nuestra boda: el sábado 24 de septiembre de 2004. Hemos dado una señal al fotógrafo y al salón de bodas Pepe Roquenublo. Tenemos tantos planes juntos: viajar, tener hijos...

Sus ojos brillan de amor y emoción al mirarme. Este «finde» hemos ido a comprar los muebles para nuestro piso a Muebles Iglesias, Benetússer. Fue el sábado por la mañana. Por la tarde le dije que estaba cansada y que me quería acostar pronto. En lo último no le mentí: tenía unas inmensas ganas de acostarme con mi amante. Y así lo hice.

El domingo estuvimos todo el día juntos, montamos el belén en casa de sus padres.

Por la noche yo me monté a Víctor y le comenté:

—Mañana lo dejo, seguro. Es un pobre chaval. Y así quedamos nosotros el martes 23 en la Cabaña.

Es una casa de campo que teníamos mi novio y yo en el monte cerca de una hermosa ermita que preside san Martin de Tours, patrón de los... Bueno, ahí lo dejo. La cuestión es que allí lo celebraremos a lo grande. A Víctor y a mí nos esperan unas bonitas navidades. A él, en cambio, le esperan unas navidades negras, a no ser que le haya tocado la lotería, aunque lo dudo, pues me hubiera llamado de inmediato.

Vale. Le mentiré. Le diré que lo dejamos por una semana. Que no estoy muy segura, o lo que se me ocurra, qué más da ya.

Parece mentira: lo tenía todo planeado desde hace meses y ahora me quedo en blanco.

Llegó diez minutos antes. Siempre lo hacía por las ganas que tenía de verme. Aparcó su Ford Fiesta delante de mi casa. Nada más entrar me dio un beso en los labios. Y quiso abrazarme. Yo me lo despegué y le dije:

—Jesús, tenemos que hablar.

—¿Ha pasado algo, amor mío?

—He pensado dejarlo por una semana, pues tengo dudas...

Y me cortó.

—¿Dudas?

Y empezó a mirarme y a decirme que no podía ser, que nos queríamos...

—No. No te quiero. Ya no te quiero y por eso te dejo.

Se lo tuve que decir explícitamente para que lo entendiera. Quería tratar de convencerme de que me equivocaba y no sé cuántas historias más.

Llegó un momento en que le faltaba el aire. No podía hablar. Su mirada lagrimosa se posaba sobre mí. Estaba convencida de que no se creía lo que le estaba diciendo. Parecía hundido en lo más profundo del horror de la más terrible de las pesadillas.

Oí como me decía:

—Amor mío, soy yo, Jesús. ¿Ha pasado algo? Lo solucionaremos entre los dos. Como hemos hecho siempre. Cuéntame...

No quise oír más.

—Tengo la decisión tomada. Lo nuestro ha terminado para siempre.

Y me bajé del coche. Me fui sin volver la vista atrás. Sabía que en ese momento lo había matado. Le había dado el golpe de gracia. Mientras me marchaba, lo oí susurrar entre sollozos:

—Antes de las doce de la noche me volverás a ver, te lo aseguro.

Deliraba. El pobre estaba delirando. Hablaba por hablar.

A las siete y media cogí mis cosas. Me puse la ropa interior de batalla y me fui a la cabaña del monte.

Una vez la acondicioné toda y la dejé preparada, llamé a mi amante:

—Víctor, ya lo he dejado, mañana nos vemos. Donde siempre.

Respiré el aire. Saboreé la paz del campo. Oí el cantar melódico del ruiseñor. Me encontraba exultante, liberada, feliz.

Por fin me había atrevido a dar el paso. Llevaba meses planeándolo, pero no me lanzaba. Ahora ya estaba hecho y no sentía remordimiento alguno.

Me acostaría pronto a la espera de que al día siguiente, a eso de las diez, viniera mi amante. Navidades blancas para nosotros y las más oscuras de su vida para mi exnovio. Qué bien que suena: «exnovio». Me repetía y reía a carcajadas.

Ahora ya solo queda olvidarlo, como quien se deshace de un clínex usado en un aseo. Y para olvidarlo, qué mejor que mi Víctor. Así es la vida: para que unos puedan ganar, otros tienen que perder. Y no hay más.

Eran las nueve de la noche. Estaba sola en casa cuando oí unos golpes en la puerta. Alguien estaba llamando.

¿Quién podría ser?

Abrí muy despacio, me asomé y no vi a nadie. En el suelo había una pequeña caja del tamaño de un reloj de pulsera. Cerré la puerta y, nada más entrar, abrí la caja. Instantáneamente grité, la tiré al suelo y me alejé. Dentro, manchado de sangre, había un escrito, estaba junto a un dedo. Parecía el meñique. En el papel ponía: «Búscame. Solos tú y yo, como siempre».

Llamé a casa de mis padres. No les conté nada para no asustarlos, pero les pregunté:

—¿Habéis visto a Jesús?

—No. ¿No está ahí contigo?

—No —les dije. Y colgué.

A las diez de la noche, sonó la puerta otra vez. Esa vez fui corriendo y abrí enseguida. Pero todo estaba oscuro. Nadie. La luna lucía su traje de gala. Vestía con todo su esplendor. Relucía llena, con un sinfín de estrellas que, como damas de honor, también brillaban en un cielo raso. El cielo, carente de contaminación luminosa, brillaba radiante dentro de tanta oscuridad.

En el suelo de nuevo otra caja. La abrí. Ya no grité ni la tiré. Otra nota: «Estamos cada vez más cerca. Solos tú y yo». Esta vez el dedo ensangrentado que había en la caja era el anular. Lucía un anillo: el de pedida que me iba a regalar.

«¿Qué tipo de broma pesada es esta?». Estaba asustada. Me dispuse a llamar a la policía. El teléfono no daba señal, habían cortado el cable.

Salí de la cabaña. Miré los campos, escudriñé el monte, pero no había nada ni nadie. Un silencio sepulcral reinaba en el exterior.

Solo el canto de unos grillos y el sonido del viento contra las ramas de los árboles rompían el silencio de una manera insultante.

Di una vuelta con la linterna, al volver, apenas habían pasado quince minutos y de nuevo otra caja en la puerta. Hacía un frío helado que se acrecentaba con el viento. La cogí, entré y cerré la puerta.

Abrí la tercera caja. El dedo ensangrentado era el medio, y en la nota ponía: «Es más fácil de lo que piensas. Solos tú y yo».

Decidí salir al portal. Hacer guardia. Acampar en la puerta de la cabaña. Con una manta, un termo de café y un miedo que no me dejaba pensar, empecé a mirar hacia todas partes de manera compulsiva. Estaba muy asustada.

Sobre las once y media de la noche pasó un coche a gran velocidad y echó en mi puerta una cuarta caja. Con las luces apagadas, podía ser cualquier coche. No lo reconocí ni me pareció ver a nadie al volante, a no ser que condujera agachado. Además, había dado una cabezada y justo cuando pasó tan fuerte, el ruido me despertó.

Otra caja. Entré en la casa, pues estaba aterida de frío. Cuando la abrí, aún sangrando, logré ver el dedo índice y otra nota: «Estoy ya aquí contigo, no hace falta que busques tanto. Solos, donde siempre, tú y yo».

Empecé a buscar por toda la casa: cocina, habitaciones, cuarto de baño. Nada. Nadie. Estaba desesperada.

Volví a leer la nota: «Estoy ya aquí contigo, no hace falta que busques tanto. Solos, donde siempre, tú y yo».

Y entonces caí. Claro, donde siempre nos escondíamos. Solos él y yo. Ya está claro. Está en el granero. En el establo.

Salí corriendo hasta la parte trasera de la casa. Allí fuera estaba su coche: un Ford Fiesta blanco.

Empezaron a sonar a lo lejos las campanas de la ermita, era media noche. Sonaron doce campanadas al tiempo que abría la puerta del granero. Y sí, allí estaba, tal y como me había prometido. Lo vi colgando de una soga.

Y allí vi también su quinto dedo: el pulgar. Este estaba aún en su mano, levantado. En el suelo, una pequeña banqueta y un cuchillo ensangrentado.

Vi también una nota revoloteando, la tomé en las manos y la leí lentamente: «Tú y yo juntos, ya unidos para siempre».

Sopló el viento. El cuerpo se balanceó suavemente, como si aún tuviese vida. Una fuerte ráfaga cerró de golpe la puerta del granero.

Un escalofrío envolvente subió por todo mi cuerpo. De repente todo se volvió oscuro. Muy oscuro. Negro absorbente.

Para mis amigos Antonio Badia, Javier Alcover, José Alcover,
Juan Antonio Llopis, Moisés Palanca, Pablo Sánchez,
Paco Palanca, Ismael Montalt, Antonio Cánovas,
Vicente Roselló, Juan Medina, Rafa Segura.
Junto a ellos empecé a soñar, a imaginar y a vivir.

SUEÑOS QUE JAMÁS OLVIDARÁS

Uno de los grandes problemas de la vida es que no podemos tener ninguna emoción pura. Y eso nos hace envejecer, pues siempre hay algo de nuestro enemigo que nos gusta y algo de nuestro amigo que nos disgusta.

Decidí irme con dos amigos escritores de retiro. Al Valle de los Caídos. Quien ha estado allí sabe que se respira una atmósfera especial. Condensada. Densa. Espesa. Para mí, sublime.

Condensar no es más que concentrar, reducir, resumir, abreviar, y eso es lo que pretendo hacer yo en este relato. Un tercer amigo, Javier Alcover Costa, director de un coro parroquial, guardaba el contacto y el teléfono de una visita anterior. Iríamos a la hospedería.

La acogida que nos brindó la comunidad benedictina que habita este sagrado lugar fue amable y cálida. Las celdas individuales en las que nos instalamos eran sencillas, confortables y limpias. Eso sí, sin televisor, por supuesto.

Estábamos dispuestos a unirnos a nuestros hermanos en el estricto cumplimiento de la regla de San Benito. Unas oraciones en la capilla y ya empezamos a sentir un tremendo descanso en nuestro cuerpo y en nuestra alma.

De allí, a la biblioteca. Esta era excepcional y albergaba miles de libros de todas las materias que encierra el saber. Nos volvimos a sentir en la gloria. Todo a nuestro alrededor era un remanso de paz, tranquilidad y serenidad.

Acudimos a vísperas, hora que precede a la nona. El canto de los monjes y el rezo divino nos acompañaron durante el refectorio.

Después visitamos la basílica. En su gran nave central están situadas seis capillas. Según nos contó un monje, no sin antes avisarnos de que aquello era un secreto reservado únicamente a personas de gran confianza, el cuerpo exhumado no fue el de José Antonio, sino el de su hermano Miguel Primo de Rivera.

José Antonio Primo de Rivera continúa en la basílica, incólume, sus restos se encuentran en el interior de la cripta de la capilla del Santo Sepulcro, y allí se le venera como a un mártir por Dios y por España y como a un verdadero santo. Las autoridades eran sabedoras y no pusieron la mínima objeción a engañar a las masas con otro paripé más.

Pillamos al monje hablador, por eso del voto de silencio sería. Ese día tenía la venia para explayarse, por eso también nos contó que su excelentísimo y reverendísimo señor abad, don Santiago Cantera, formaba parte del exclusivo Club Bilderberg. Fue el mismísimo Caudillo quien en su día cedió dicho honor al prior de la hermandad.

Por último, y ya caída la noche, nos dejaron ver los columbarios. Los restos humanos en cajas de madera se encontraban entremezclados. Algunos osarios estaban tapiados y los planos de los túneles no se correspondían con la realidad construida, que era mucho más compleja.

Serían casi las doce cuando nos retiramos al silencio de nuestras celdas, no sin antes animarnos a escribir alguna historia que nos pudiésemos contar al día siguiente. Quedamos en vernos a las cuatro de la madrugada para el canto de los maitines. Finalizado este, nos volvimos a retirar a nuestros aposentos hasta laudes.

¿Cuál sería mi historia? Podría inspirarme en *El conde de Montecristo*, de Alejandro Dumas. Edmundo Dantés es mi héroe. Y no me faltan razones para ubicar la historia en mi pueblo natal y datarla en un fatídico 14 de septiembre de 2002. Los protagonistas tienen nombres y apellidos que todos conocéis. Pero esperaré a que se debiliten más.

Otro personaje que también despierta mi imaginación y mi admiración es Guy Fawkes, conspirador católico inglés quien intentó volar la cámara de los Lores en aquel Londres de 1605. En él se basó Alan Moore para crear *V de Vendetta*. Quien no tiene miedo, ni remordimiento, es completamente libre. Anonymous.

Pero no, tengo que crear una historia que os vuelva locos, algo que ya jamás podáis olvidar. Sabéis que los ojos son la única parte del cuerpo humano que jamás crece, permanece siempre igual desde el nacimiento hasta la muerte. Y que cada noche nos despertamos un mínimo de veinte veces. Y que podemos tener hasta un máximo de treinta y siete sueños diferentes, de los cuales recordamos apenas unos pequeños retazos inconexos de los últimos.

Salvador Doménech Tamarit, escritor de vocación, profesor, matemático de oficio y un viajero incansable, nos sorprendió a la mañana siguiente con este relato de aventuras, suspense e intriga fruto de su reciente viaje a Creta, y que según él nos dijo, gran parte del mismo se lo había contado un anciano de sobrenombre Roluma.

LA BÚSQUEDA

Todo empieza con ese cosquilleo que surge al hablar de un lugar lejano, de una historia jamás contada, de algo nuevo aún.

Lord Darlington Nelson era un antropólogo y geólogo sobrino de su majestad la reina de Inglaterra; un aristócrata venido a menos y un jugador empedernido; un embustero capaz de vender su alma al diablo a cambio de fama, mujeres o dinero.

Su ocupación no era otra que seleccionar objetos llegados desde los confines más extraños y recónditos del mundo, frutos estos de la piratería y del expolio. Cuando tenía alguna oportunidad, la desperdiciaba, como aquella vez que vendió un antiguo jeroglífico al mismísimo Isaac Newton, quien, al poco tiempo, con la anécdota de la manzana, enunció su famosa ley sobre la gravitación universal.

Agobiado por las deudas y con los acreedores haciéndole la vida imposible, se enteró un día de que estaban buscando un tasador de antigüedades para la región de Grecia y Asia Menor.

Lord Darlington no dudó: desempolvó su título universitario y se postuló para el trabajo. Era el plan perfecto: ganar dinero y huir de los cobradores por un tiempo. Igual tenía la suerte de que estos le olvidaran.

Al día siguiente ya estaba embarcado hacia Atenas, destino al que llegaría semanas después.

Al puerto del Pireo, atestado de navíos, llegaban exóticos productos africanos y tesoros orientales, así como todo lo que se robaba por mar y por tierra.

La casa que le habían asignado era confortable. «Jardín de Hortensias», llevaba por nombre. Tenía unas vistas maravillosas al mar.

Lord Darlington Nelson fue presentado en sociedad en una fastuosa fiesta en las terrazas de la casa del cónsul, situada en las faldas de la colina. Allí conoció a figuras provenientes de todas las partes del mundo: empresarios, magnates, científicos, delegados gubernamentales, aventureros, cazadores y cazafortunas. Se encontraba en el lugar exacto para satisfacer sus ambiciones.

Poco a poco fue creando su pequeño imperio. Se asoció con banqueros y aseguradores. Compraba piezas de poco valor. Sus escribas inventaban una historia y sus amigos aduaneros certificaban la autenticidad del producto. El negocio era redondo, y las ganancias, cuantiosas.

Era feliz. La suerte le sonreía. Se había transformado en un ganador. Tenía un harén de muchachas a su servicio y todos los vicios que se puedan imaginar.

En una partida de póker en casa del agregado militar sir Peyton, además de varios miles de libras, ganó también un barco atracado en el puerto, incluida su carga y su tripulación. El capitán, tras perder la apuesta, no dudó un segundo en pegarse un tiro en la boca.

A la mañana siguiente se personó en los muelles para tomar posesión de lo ganado y ver en qué estado se encontraba. Las bodegas estaban repletas de miles de piezas y mercancías diversas, y los esclavos le narraron que provenían de distintas *razias* que habían efectuado por las islas del mar Egeo.

Dio la orden de inventariarlo todo y se llevó el baúl que encontró en el camarote del capitán. Este tuvo que ser trasladado por cuatro esclavos hasta su casa. Por la mañana, mientras bebía una taza de café árabe, abrió el cofre y empezó a revisar su contenido.

Cuadernos de bitácora de viajes a tierras sin nombre, recuerdos familiares, baratijas de diversos tipos y procedencias. Y en el fondo del baúl halló un manuscrito que estaba sobre dos cañas de bambú y que, por mucho que lo intentó, no logró entender. Estaba escrito en una enigmática lengua. Llamó a su mayordomo y le mandó que se lo llevase al bibliotecario para que lo tradujera.

Luego se dirigió a casa de sir Thomas. Allí fue invitado a tomar un té exquisito a las cinco en punto de la tarde. También eran exquisitas las damas que frecuentaban las tertulias, eso sí, siempre en salas distintas. Seguro que no tardaría en aparecer alguna viuda o rica heredera que garantizase su entrada triunfal en Londres.

Cuando regresó a casa, su mayordomo aguardaba con la nota del bibliotecario. Abrió el sobre y la leyó. Estaba escrito en griego antiguo. Ya había visto alguno parecido. Esos pergaminos podían descifrar secretos antiguos e incluso le podían llevar hasta tesoros de reyes y faraones. Pero, según el bibliotecario, el único que podía ayudarle a descifrarlo era el Ermitaño.

Lord Darlington preguntó dónde podría encontrar a tan singular personaje. «Vive en una gruta —le dijeron—. El camino es peligroso y está lleno de bandidos y asaltadores». Contrató una escolta y se puso en marcha. Recorrieron casi cien kilómetros por las laderas de las montañas. Los últimos por acantilados muy escarpados. En la vertiente de una de estas, un «chivero» les señaló la ruta hasta la gruta.

Lord Darlington se presentó ante un hombre harapiento, viejo y prácticamente en los huesos. Cuando iba a mencionar el motivo de su presencia, el anciano, mirándolo a los ojos, le habló:

—El conocimiento entregado de forma precipitada es pernicioso.

—Necesito que me traduzcas este manuscrito —dijo el lord.

—Dar poder a quien no tiene sabiduría para entenderlo es el principio del mal.

El inglés, poco acostumbrado a que le contradijeran, empezó a hartarse del hombre.

Ordenó a la guardia que sujetaran al anciano, tomó una piedra y golpeó con ella los dedos del pobre viejo reventándoselos uno a uno. La sangre empezó a brotar de los malheridos dedos, pero ni un solo grito de queja salió del anciano.

—¿Hay algún tesoro escondido? —gritó desesperado lord Darlington mientras continuaba con los golpes machacando los dedos uno a uno.

El viejo, con las manos destrozadas, balbuceó:

—Ve al laberinto de Creta y busca el muro rojo. El lugar te entregará lo merecido.

Siguiendo las órdenes del lord, los soldados arrojaron por el desfiladero al Ermitaño, que se despeñó contra las rocas. Rápidamente, el aristócrata emprendió el camino de regreso. Nada más llegar a Atenas, se dirigió al puerto, hizo los preparativos y se lanzó con el barco por el inconmensurable mar. Le bastaron cuatro días para llegar a la isla de Creta.

Al desembarcar en la tierra del olvido se encontró con una vetusta mujer que vendía frutas y la interrogaron sobre dónde se encontraba el muro rojo del laberinto.

Al ver el manuscrito, habló con voz temblorosa y los ojos hundidos reflejaban con toda su fuerza un gran temor.

—¿Sabéis cómo se pronuncian las palabras sagradas? Si lo hacéis bien, descubriréis infinitos tesoros; en cambio, si no lo logréis, desencadenaréis la mayor de las desgracias. Puedo enseñaros por unas pocas monedas.

Una bolsa de monedas fue puesta en su regazo. Comenzó a pronunciar palabras extrañas hasta lograr que lord Darlington las reprodujera con exactitud.

Solo entonces, el esquelético dedo de la mujer se alzó señalando el camino. El grupo armado partió hacia el laberinto. La vieja encorvada se alejó presurosa. Una sonrisa ladina había aparecido en su rostro.

Lord Darlington divisó el muro rojo. Corrió hacia él al tiempo que pisoteaba una gran cantidad de huesos que se esparcían por el suelo. Estaba emocionado. Lo desconocido, la cercanía de un tesoro, hizo que se activase toda su adrenalina.

Ya estaba imaginando la cara de la reina mientras lo nombraba miembro de la casa real.

Pronunció solemne y cuidadosamente cada una de las palabras aprendidas. Una puerta situada en el muro rojo se abrió, como se abría la cueva de Alí Babá al pronunciar «Ábrete, sésamo». Pero esta vez no estaban ante una cueva llena de tesoros. No.

Por la puerta salió un enorme minotauro que en cosa de segundos despedazó sin piedad a toda la expedición.

Lord Darlington lanzó a uno de sus soldados a las fauces del minotauro mientras lograba huir sano y salvo a su barco, que, de inmediato arrió, izó velas y emprendió el viaje de regreso a Atenas.

Su desmesurada avaricia y tremenda codicia casi le cuestan la vida.

No obstante, aquí no acaban sus aventuras, pues meses más tarde se pondría a la búsqueda de los Cinco Anillos Mágicos.

Estos son:

1.- El Trisquel o Triskelion. Símbolo supremo de los druidas. Ellos son los únicos que pueden portar este anillo mágico y sagrado celta. Quien lo posea tendrá acceso a todos los enigmas de la vida.

2.- La Estrella de David o Hexagrama, estrella de seis puntas que se forma de la unión de dos triángulos equiláteros. Anillo que llevó en su dedo el mismísimo rey Salomón. A día de hoy es todo un misterio saber su actual localización. Quien lo lleve en la mano será invencible y tendrá la fuerza de mil hombres. Se sabe que lo llevaba puesto Sansón cuando derribó el templo de los filisteos.

3.- La Cruz de la Vida o Cruz Egipcia. Este anillo concede la inmortalidad a quien lo posea. Tantas vidas como se ha cobrado su búsqueda será el premio que se lleve quien lo logre encontrar.

4.- La Mano de Fátima. Este anillo te protege de todo mal al tiempo que te brinda fidelidad, amor y lealtad. Se representa con la palma de la mano abierta y los cinco dedos, con la particularidad de que el pulgar y el meñique tienen la misma medida. Lo llevó Fátima, hija del profeta Mahoma. Simboliza los cinco pilares del islam: la fe, la oración, el ayuno, la caridad y la peregrinación.

5.- La Esvástica. El anillo con la esvástica es utilizado como símbolo espiritual y está vinculado al dios nórdico Thor. Fue su martillo la herramienta utilizada para crear la Cruz Gamada. Los caballeros de la orden teutónica la utilizaban en sus atuendos. En Finlandia la esvástica es considerada como un símbolo de buena suerte. «Swasti: deja que ocurran cosas buenas». Los indios navajos la utilizaban para representar a los cuatro vientos. Rudyard Kipling, escritor británico, utilizó la esvástica como exlibris. Si la estrella de David representa el infinito en el espacio, la esvástica representa el infinito en el tiempo.

Lord Darlington no encontró ninguno de los cinco anillos. Murió solo, pobre, abandonado y, lo peor de todo, olvidado. Su vida terminó en el mayor de los anonimatos.

Si el relato de Salvador Doménech Tamarit nos gustó, ni que decir tiene que el de Juan Antonio Llopis Ribera, escritor en ciernes, nos dejó con la boca abierta. Serían las doce del mediodía cuando este nos relató su historia. Nos dijo habérsela oído contar a un antepasado suyo, quien, según dijo, a su vez la tomó de un pastor que descansaba junto a sus ovejas. Fue alrededor de una hoguera una noche estrellada en un campamento improvisado al lado del camposanto.

EL BOBO

Carlos Lafarga y Tadeo Zuzunaga fueron conducidos al manicomio el mismo día. Terminaron en el de Aston Hall en Derby. Carlos iba realmente tranquilo... Como estaba medio chiflado, tanto le daba dormir en un sitio como en otro. Para él todos eran buenos.

A Tadeo no. Cuando se lo llevaban, aullaba como un perro apaleado.

Todos los pueblos tienen su tonto y su bromista. Y el primero puede que enloquezca a partir de las bromas del segundo. Aunque no creo que Carlos notase que le gastaban bromas. Pues, por muchas bromas que le gastaba Tadeo, Carlos siempre sonreía con su gesto bobalicón y le decía:

—Tadeo es muy gracioso. ¡Claro que es gracioso!

Carlos dormía en una pequeña habitación justo al lado de la capilla ardiente de la funeraria del señor Emilio. Solo tenía que barrer de cuando en cuando el local para mantenerlo limpio. A Carlos le gustaba su cuartito, aunque algunas veces lo compartía con los inquilinos de la capilla ardiente, es decir, con los muertos.

Abril fue lluvioso como de costumbre y el camposanto se convirtió en un verdadero barrizal. La funeraria de Emilio tenía tres inquilinos a la espera de hacer el último viaje. Carlos se vio obligado a compartir su cuartito con la hija de Amadeo, el del cebollar, que había muerto de una pulmonía.

Tan pronto como Tadeo se enteró de ello, decidió gastarle una broma a Carlos.

—He oído decir que tienes compañía, Carlos. ¿No es cierto?

Carlos lo miró extrañado.

—Sí. Sí. Me refiero a esa linda muchachita que está alojada contigo.

—¡Caramba, Tadeo! Es la hija de Amadeo. Ya lo sabes…

Tadeo vio como todos sus amigotes sonreían.

—¿Quieres decir, Carlos, que no es tu esposa?

—Tadeo, si esa muchacha está muerta, no puede ser esposa de nadie. Qué cosas dices.

Algunos muchachos estaban a punto de soltar una carcajada, pero Tadeo los contuvo con una rapidísima mirada. Se le había ocurrido una idea.

—Carlos, ¿seguro que no has visto levantarse por la noche a esa chica y corretear por tu habitación?

—Tadeo, si ya te he dicho que está muerta.

—Yo solo te digo que te asegures de que la tapa de su ataúd esté bien cerrada.

Todos estaban ahora muy serios.

—¿Por qué es mejor que me asegure? —preguntó el tonto.

—Por el pueblo corre el rumor de que la chica fue mordida por un vampiro antes de morir.

Y Tadeo se acercó a la oreja de Carlos y le susurró:

—¿Te das cuenta de lo que eso puede hacerle a ella?

—¿Convertirla en vampiresa? —preguntó a su vez el tonto.

Carlos estaba confundido, pero Tadeo continuó remachando el clavo.

—Exactamente. Una noche te dormirás y al día siguiente esa chica te habrá chupado la sangre hasta dejarte seco.

Dicho lo cual, Tadeo se alejó con sus amigotes dejando a Carlos, todo pensativo, dándole vueltas al asunto.

Carlos por la tarde hizo unas preguntas al Sr. Emilio sobre los vampiros. Y este le contestó lo que buenamente sabia.

Aquella misma noche, Tadeo y sus amigotes se reunieron en la parte de atrás de la funeraria, donde se encontraba la habitación de Carlos. Algunos comerciantes le pagaban dos chavos para que revisara si habían cerrado bien las puertas de sus tiendas. Carlos salió a comprobar las puertas y eso era lo que estaban esperando todos los amigos.

Tadeo se volvió hacia su novia, Susan. Pensaba casarse con ella en mayo, cuando cesaran las lluvias. Sus ojos estaban ribeteados de negro y sus labios pintados de morado. El resto de la cara estaba blanqueada con albayalde, a excepción de unos surcos negros que ahondaban sus mejillas.

—Tadeo. No me gusta nada hacer esto —susurró Susan.

—Va, cariño. Si no es más que una broma.

—Ya, pero no me agrada la idea de meterme en un ataúd.

—Solo estarás unos minutos, hasta que Carlos vuelva.

La metieron en un ataúd que el Sr. Emilio tenía de muestra y lo sustituyeron por el de la muerta.

—Cuando vuelva y entre en el cuarto, tú lanzas unos lamentos, levantas la tapa y a reír.

—¿Y si le da un ataque al corazón?

—Es demasiado tonto para eso. Echará a correr gritando hasta las afueras del pueblo.

Susan rio sin ganas.

—Silencio, ya viene —susurró una voz desde la esquina.

El grupo se ocultó en la parte trasera del edificio.

Dos amigos auparon a Tadeo para que pudiese ver por las rendijas de una pequeña ventana.

Carlos se sentó en la cama y se quitó los zapatos.

Todos pudieron oír desde donde estaban unos lamentos que salían del ataúd. Carlos se puso de pie de un salto. Otro lamento. Carlos se agarró a la cama. Tadeo trataba de ahogar la risa para que no lo oyera.

—¿Qué pasa? —preguntó uno de los que lo estaban sujetando.

—Espera —susurró Tadeo sin poder esconder una risa.

Se abrió la tapa del ataúd... Susan se irguió...

—Parece un cadáver de verdad. Carlos echará a co... —Él mismo interrumpió sus palabras.

Carlos se levantó de la cama lentamente..., pero no hacia la puerta, sino hacia el ataúd. Susan también quedó sorprendida. Carlos se abalanzó sobre ella, la empujó dentro del ataúd y bajó la tapa.

—¿Qué sucede, Tadeo? —preguntó alguien.

Tadeo estaba demasiado aturdido para contestar.

—No sé. Ha vuelto a cerrarla dentro del ataúd. Ahora saca algo de debajo de la cama. ¡Oh, Dios mío! ¡No, nooooo!

El horror que se notó en su voz cortó de golpe las risas de sus amigos, que estaban a punto de estallar. Uno de los que sujetaban las piernas de Tadeo aflojó, y este cayó al suelo llorando. Un grito aterrador heló la sangre de todos los que estaban esperando afuera. Era el grito de una chica en mortal agonía, y este fue seguido por otro, y por otro, cada vez más desgarradores.

Tadeo dio la vuelta corriendo y golpeó la pesada puerta de la funeraria con toda su fuerza preso de la locura. Uno de los amigos cogió una silla, la lanzó contra una ventana y rompió los cristales. Los gritos procedían de la pequeña habitación de Carlos. Pero, cuando llegaron a ella, cesaron de repente.

Tadeo fue el primero en entrar al cuartito y lo que vio le hizo lanzar un aullido de dolor. Carlos estaba de pie, enfrente del ataúd, con un mazo en la mano. Un ligero estertor de sangre goteaba del ataúd cerrado. Una larga estaca de madera había perforado a la chica que había dentro de él. El ataúd se movió lentamente cuando la moribunda mujer que yacía dentro se estremeció por última vez. Luego todo quedó inmóvil. La sangre ya chorreaba por el suelo creando un charco que empapaba sus pies.

Tadeo empezó a gritar desgarradoramente.

No tardaron las autoridades en llevarse a Tadeo Zuzunaga y a Carlos Lafarga, aunque todos los presentes coincidieron en que la culpa era solo del primero.

Bueno, todos no. El Sr. Emilio se tiró borracho más de una semana y andaba diciendo a todos que él fue el loco que le explicó a Carlos la tarde de antes qué había que hacer para matar a un vampiro.

—¿Vampiro dices, Carlos? A los vampiros se les mata clavándoles una estaca en el corazón.

Helados, nos quedamos helados mi amigo y yo: Juan Antonio nos había sorprendido con una historia que de seguro nos costará olvidar.

Pero ahora me tocaba a mí. Me esperé a que cayera la noche. Fue después de cenar frugalmente cuando nos fuimos a la biblioteca de la abadía benedictina y allí empecé a narrarles una historia que les juré que me había contado el mismísimo diablo mientras soñaba.

EL ELEGIDO

Nevaba. La noche anterior había ido a escuchar unas canciones irlandesas a un paraje llamado Kiltartan.

Allí alguien me dijo al oído:

—La valía de un hombre solo puede medirse por el calibre de sus enemigos.

Al regresar en el tren, me puse a leer un libro de bolsillo, siempre voy leyendo. En eso que levanté la vista y vi mi rostro reflejado en la oscura ventanilla del tren.

Entonces pensé: «¿Cuántas personas serán enemigas de este semblante?, ¿cuántos enemigos tendré?».

Bueno podría nombrar unos pocos y quizá adivinar otros. Pero poco importaba la cantidad, lo que importaba era el calibre de ellos. Tal vez, mi propio editor, Johnson Smith, hijo. A su padre lo mataron apuñalado. Un loco llamado Norman, allá por 1957. Pues, tal vez, como andaba diciendo mi propio editor, sería un adversario digno, de esos de veinticuatro kilates.

Tenía yo en ese momento 51 años, y mi editor, 62. Él conocía perfectamente el negocio de la edición, distribución, venta y promoción de los libros. Yo no terminaba de despuntar en el mercado. Sin lugar a ninguna duda, él era el principal responsable. Un enemigo del que podía estar orgulloso, pues manejaba con total impunidad todos los entresijos del mercado literario. No era fácil derrotarlo: siempre jugaba a partida ganada. Como si tuviese las cartas marcadas.

De repente me deprimí. Recordar sus victorias sobre mí me producía mal sabor de boca. Siempre desde esa posición de poder. Él era el editor jefe de la empresa. De vez en cuando le metía algún gol. Y sé que Johnson no me lo perdonaba fácilmente. Una mueca socarrona en su cara reflejaba que él, y nadie más que él, siempre ganaba al final.

Llegué a mi casa más tarde de lo acostumbrado. Me calenté la cena y ojeé el correo diario. Observé que había una carta sin sello. Me la guardé: «Ya la leeré tranquilamente después de cenar».

Una vez en mi cuarto, la abrí. En su membrete ponía: «Sociedad para la Acción Unida» y empezaba así:

> Estimado señor Jesús:
>
> Nos ha sugerido su nombre un conocido mutuo. Nuestra organización realiza una misión desacostumbrada que no podemos decirle en esta carta, pero que para usted puede ser de interés. Por esa razón nos agradaría poder celebrar una entrevista privada cuando a usted más le convenga. Si no recibimos comunicación alguna suya en los próximos días, nos tomaremos la libertad de llamarlo a su oficina.
>
> Firmado: Pablo Egea. Secretario

«Seguro que es alguien que quiere dinero —pensé—, algún vendedor a puerta fría de a saber qué. —Pero más tarde me entró la curiosidad y me dije a mí mismo—: Muy bien, señor Egea. Morderé el anzuelo».

No recibí llamada alguna durante los tres días siguientes. Yo trabajaba en el despacho contiguo al del señor Johnson, era uno de sus negros a sueldo.

Tuvimos una reunión y en ella enfatizó la importancia de que los relatos tenían que ser cortos: «Microrrelatos», me repetía constantemente.

Otro escritor, un tal Augusto Folgado, le daba la razón en todo, y eso que apenas llevaba un año en la compañía, pero era evidente que ya había elegido al lado de quién situarse. Lo miré fijamente y le reservé un lugar privilegiado en la cámara de odios de mi mente.

Eran las tres de la tarde. Una llamada de teléfono.

Era Pablo Egea.

—¿Señor Jesús? —su voz era cordial, hasta jovial—. Como no he tenido noticias de usted, he supuesto que no le importaría que lo llamara hoy. ¿Hay posibilidad de que podamos reunirnos en alguna parte?

—Bueno, pero si me puede adelantar algo, señor Egea…

Se oyó una carcajada por teléfono.

—No somos una organización caritativa. Ni vendemos nada. Se lo advierto por si usted lo creyó así. Somos un grupo de servicio voluntario. Nuestros socios pasan del millar.

—Ya, pero, para decirles la verdad, nunca he oído hablar de ustedes, señor Egea.

—No. Claro que no. Y eso es un voto a su favor. Lo comprenderá usted todo cuando le hable de nosotros. Puedo estar en su despacho en menos de quince minutos, a menos que usted desee que nos reunamos otro día.

Miré la hora y lo pensé por unos segundos.

—De acuerdo, señor Egea, ahora es un buen momento, ¿por qué no?

—Estupendo. Enseguida estoy ahí.

Egea llegó en diez minutos. Mis ojos se posaron en la cartera que el hombre llevaba en la mano derecha.

—Tome asiento —le dije amablemente.

Egea, un hombre pequeño, agradable y simpático, empezó a hablar:

—Ha sido muy amable, señor Jesús, concediéndome esta entrevista. No estoy aquí para hacerle ningún seguro ni para venderle pañuelos de tergal. El tema que quiero discutir con usted es más bien… privado. ¿Puedo cerrar la puerta?

—Claro, por supuesto —respondí.

Egea cerró, acercó más la silla hacia mí y me dijo:

—La cuestión es la siguiente. Lo que le he de decir tiene que permanecer en el más absoluto secreto. Es estrictamente confidencial. Si usted traiciona esta confidencia, las consecuencias pueden ser de lo más desagradables. Hasta aquí, ¿estamos de acuerdo?

—Sí, lo estamos —dije algo confundido.

—Magnífico.

Egea abrió la cartera y sacó un manuscrito grapado.

—La sociedad ha preparado este pequeño esquema sobre nuestra filosofía básica. Pero iré directo al meollo del asunto. Usted puede no estar conforme con nuestro primer principio y a mí me gustaría saberlo enseguida.

—¿Qué quiere decir con «primer principio»?

—A ver, diciéndolo de forma cruda, la Sociedad para la Acción Unida cree que… algunas personas no merecen vivir.

Alcé los ojos y lo miré asombrado fijamente.

—¿Qué piensa usted sobre lo que le acabo de decir?

—Pues, no sé. Nunca he pensado mucho sobre eso en particular. Pero, bueno, los violadores, los asesinos, los dirigentes que nos mueven como marionetas…

—Entonces usted, acepta nuestro primer principio. Es cuestión de categorías. ¿Verdad?

—Sí. Podríamos considerarlo así.

—Muy bien. Pues ahora trataremos otra áspera cuestión. ¿Desea usted… personalmente… que alguien muera? Un deseo real, profundo, sobre alguien... que usted cree que no merece vivir. ¿Lo ha deseado alguna vez?

—Pues sí..., alguna vez lo he deseado.

—¿Cree que la salida de alguien de este mundo puede ser beneficiosa?

Tragué saliva. Sonreí agriamente y le pregunté:

—¿Acaso pertenece usted, señor Egea, a alguna asociación criminal dedicada a «despachar» gente?

Egea rio por lo bajo.

—No. Nuestros métodos y procedimientos no conllevan ninguna acción criminal. Somos una sociedad secreta pero no La Mano Negra. Se asombraría usted de la calidad de nuestros asociados. Jueces, doctores, banqueros, miembros del Ejército... ¿Quiere usted saber cómo empezó a funcionar esta sociedad?

Asentí con la cabeza.

—Empezó con solo dos hombres. Un abogado adscrito al juez del distrito y un psiquiatra del Estado. Ambos participaron en un juicio contra un hombre acusado de un repugnante delito contra tres jovencitas. En opinión de ellos, el hombre era incuestionablemente culpable. Pero un defensor persuasivo y un jurado altamente sugestionable lo consideraron inocente y le concedieron la libertad. Ambos se enfurecieron ante tan grave error cometido, pero no pudieron hacer nada.

Egea hizo una pausa.

—El psiquiatra era especialista en psiquiatría antropológica. Investigó durante mucho tiempo las prácticas vudú de los haitianos. Cuando un sacerdote *vodum* decretaba la muerte de un malhechor, eran las propias convicciones de este referentes a la eficacia de la sentencia lo que convertía finalmente el deseo del sacerdote en realidad. Algunas veces el proceso era orgánico, su cuerpo reaccionaba psicosomáticamente al castigo, enfermaba y moría. Otras veces moría por «accidente». Tal vez, provocado por la secreta creencia de que una vez castigado debía morir. La cuestión es que, fuese como fuese, moría siempre.

Entonces el psiquiatra y el abogado decidieron experimentar esa clase de castigo «sugerido» con el hombre que había sido absuelto. Le dijeron que iban a desearle la muerte. Le explicaron cómo y por qué el deseo se convertiría en realidad y, mientras él se reía de todo aquello, observaron cómo cruzaba por su rostro una mirada de supersticioso temor. Le prometieron que todos los días, con absoluta regularidad, le desearían la muerte hasta que ya no se pudiese detener el místico y cruel sacrificio que convertiría tal deseo en realidad. El hombre murió de un ataque al corazón dos meses después.

—Eso fue una coincidencia.

—Por eso mismo nuestros amigos no se sintieron satisfechos y decidieron intentarlo otra vez.

—¿Otra vez?

—Sí. Y no le diré quién fue la víctima. Pero murió. Necesitaron para ello la ayuda de cuatro socios más, entre los cuales ya me encontraba yo.

—¿Y me ha dicho usted que ahora hay más de mil?

—Sí. Todos formamos parte de esta sociedad cuya única función es desear que la gente muera. Al principio los socios eran voluntarios, pero ahora tenemos un sistema. Cada nuevo miembro de la Sociedad para la Acción Unida ingresa con la condición de suministrar una víctima en potencia. Y la totalidad de los socios se dedican a desearle la muerte. Una vez cumplida la tarea, el nuevo socio, como es lógico, deberá tomar parte en futuras acciones. Eso y una módica anualidad: no se exige más a los socios.

Y Egea sonrió.

—Si usted considera que no hablo en serio, mire atentamente.

Y sacó un listado con todas las víctimas señaladas por la organización.

—La cruz con bolígrafo rojo al lado significa que ya están muertos. Existe un pequeño porcentaje que aún no han fallecido. No somos cien por cien infalibles. Somos los primeros en admitirlo. Pero estamos poniendo en práctica nuevas técnicas y le aseguro que los mataremos a todos. Entonces, ¿lo encuentra usted interesante, señor Jesús?

«Dios mío —pensé—. Dios mío. Si esto fuera cierto... Si el deseo matara...».

Si el deseo matara, yo ya habría matado a más de una persona. Pero, claro, mis deseos siempre han sido ocultos, secretos. Este método es diferente, más práctico, más ¡terrorífico! Estaba visualizando a miles de mentes ardiendo con el único deseo de matar. La presa primero sufriría el desasosiego y, luego, iría sucumbiendo lenta y gradualmente a una cadena de terror que lo oprimiría hasta ahogarlo y darle muerte. El trabajo es eficaz. No cabe duda. Tantos pensamientos mortales pueden emitir un aura mística que destruya una vida. No me cabe la menor duda.

De repente, como si se tratase de un fantasma, vi por la ventana de mi despacho la rubicunda cara de mi editor, Johnson Smith, hijo. Me levantaba las cejas con una enorme sonrisa.

En eso que interrumpí mis pensamientos y le pregunté:

—Por supuesto, la víctima tiene que saber todo esto. Tiene que saber que existe la sociedad, que está deseando su muerte y que el porcentaje de éxito es de casi el cien por cien. ¿Verdad, señor Egea? Ve usted esencial todo esto, ¿no?

—Absolutamente esencial —respondió el Sr. Egea mientras guardaba el manuscrito en su cartera—. Usted ha tocado el punto crucial: hay que informar a la víctima. Y eso es precisamente lo que acabo de hacer. —A lo que añadió—: Así pues, señor Jesús, su deseo de morir empieza para usted en este mismo instante. —Y miró de reojo su reloj.

—No le importará a usted que le coja el bolígrafo rojo, no creo que ya lo vaya a necesitar.

—La sociedad ha empezado a trabajar. Lo lamento muchísimo.

Abrió la puerta y se fue. Cuando pasó por delante del editor, el señor Johnson se volvió hacia él y alzó el sombrero a modo de saludo.

Cuando terminé de contarles el relato, era ya bastante tarde y a las cuatro de la madrugada teníamos maitines.

Mientras me dirigía a mi celda por los oscuros y silenciosos pasillos del claustro, pensé en lo poderosa que es nuestra mente y en cómo afecta a nuestras emociones.

Y me repetí: «No tenemos ninguna emoción pura. Siempre hay algo de nuestro enemigo que nos gusta y algo de nuestro amigo que nos disgusta».

Para Eva Fernández Dolz.

—Y Ulises regresó, y reinó finalmente en Ítaca, junto a su mujer, Penélope, y junto a su hijo, Telémaco.

VOCABLOS EN PAN DE ORO

—El acérrimo y tremebundo turista es soliviantado por las prístinas aguas cuyos abigarrados colores reflejan el impoluto y magnánimo frontispicio de la seo (23).

—¿Qué dices, Jesús? ¡Estás atontado! (28).

—Con ahínco blasfema ostentando lo ínfimo de su abolengo (37).

—¡Me estás poniendo nerviosa! ¿Para esto querías que paseáramos por Valencia? (48).

—Anacoreta abyecta. Busca discernir lo apolíneo de lo dionisíaco (57).

—¿De qué vas? ¿Quieres ver cómo me voy a casa? (67).

—Aquiescencia de lo ubérrimo y voluptuoso que las hordas estultas y prolijas en su febril yerro... (83).

—¡Me voy! (85).

—¡Vamos, nena, no te pongas así! Solo era una broma. ¿Un café en el Ateneo? (100).

Para Mayca Pérez Moreno, mi ángel, quien apareció justo cuando estaba cayendo, abrió sus alas y me enseñó a volar.

EL CEBO

Vivo en una gran ciudad atestada de tráfico y de gente. De gente solitaria, de esa que sueña noche tras noche con encontrar a su pareja ideal, aquella con la que compartir sentimientos, momentos y aficiones. Qué bonito. Suena bien, ¿verdad? Solo hay un pequeño problema: la ajetreada vida que llevamos hoy no nos deja tiempo para las relaciones sociales. Y así nos va: la ciudad está llena de solitarios y solitarias que se vuelcan en su trabajo para tapar el enorme vacío de sus vidas.

Mi ciudad tiene uno de los mejores parques que hayas podido ver. En él cantan los pájaros, hay zonas de descanso, un lago artificial con peces y patos, y muchos muchos árboles donde, si tienes suerte, puedes ver alguna que otra ardilla. Y, cómo no, tiene una pista asfaltada de *running* que lo rodea a lo largo y ancho de sus tres kilómetros.

El parque está rodeado por rascacielos que coronan con sus aristas el cielo de la ciudad. Muy cerca de este, a apenas cinco minutos andando, se encuentra el centro neurálgico de la urbe, donde se ubican todas las tiendas y marcas más importantes.

El *running* está de moda, se ha convertido en un fenómeno social. Y todas las tardes, a partir de las siete, la pista que rodea el parque se llena de estos adeptos. El deporte les hace sentirse bien, se desahogan de su estrés laboral, se desinhiben un poco, son más espontáneos, conocen gente nueva, comparten unas risas y quién sabe si algo más.

Llevan mallas Capri, chaleco, pulsómetro, *shorts* ajustados, pantalones Rocky y, cómo no, unas zapatillas deportivas, y aquí es donde yo entro a jugar.

El mercado de las *sneakers* está liderado por empresas gigantes firmemente asentadas que nunca van a abandonar su trono. Marcas como Nike, New Balance, Adidas se reparten el pastel con el *swoosh* como protagonista.

Todo el mundo conoce el *mainline* de las marcas y poca creatividad más se puede ya aportar.

Oí las campanillas de la puerta de la tienda. «Otro ángel ha subido al cielo», y en ese momento pensé en el padre de una buena amiga, que acababa de fallecer dulcemente y de seguro ya estaba junto a Dios cogido de la mano de su bella mujer.

Por la puerta vi entrar a una rubia preciosa, llevaba una cortísima minifalda negra y un escote en la espalda que llegaba justo hasta la gloria.

Estaba por la sección de las deportivas cuando le pregunté:

—¿Le interesan las Axel Sport?

La joven me miró con recelo. Cualquier mujer se muestra desconfiada cuando un desconocido le dirige la palabra. Y no es para menos, pues, con los tiempos que corren, para fiarse una. Debo soltar algo de sedal o se me escapará. Me viene de lujo la aparición del bobalicón del encargado.

—¡¿Qué pasa, Jesús?! ¿Haciendo horas extras?

—Ya me iba, Daniel. Solo quería ayudar a esta señorita a elegir sus deportivas.

—Vaya, por un momento creí que me querías quitar el puesto.

—¡Qué va! Puedes estar tranquilo. —Y me despido con el desenfado del perfecto compañero de trabajo—. Debo cuidar mi imagen a los ojos de mi potencial «clienta».

—¿Trabaja usted aquí, en Pódium? —me pregunta la joven, ya menos suspicaz.

—Así es. Jesús Piquer, responsable de la sección de *running*. Para servirla. Acabo de terminar mi turno, pero la vi tan indecisa... —Dejo la frase en el aire, y le ofrezco mi mejor sonrisa.

Una sonrisa de oreja a oreja de niño bueno queda ampliamente dibujada en mi cara—. Yo creo que le convienen estas zapatillas.

A todas las niñas que me gustan les ofrezco la misma marca y modelo.

—Ya, pero no quisiera molestarle.

—Para nada. —Un casi imperceptible cerrar de ojos me avisa: he de ir más despacio.

—Hasta dentro de media hora no sale mi tren, y la estación está aquí mismo.

La perspectiva de que tengo que coger el tren hace que me vea como alguien de paso, y noto como baja un poco la guardia. Baja las defensas. He resuelto el traspié por la mínima.

—Entonces..., ¿qué puede decirme de las Axel Sport? —pregunta al fin interesada.

—Las Axel Sport son las mejores del mercado, sobre todo para la práctica del *running*. A ti estas te irían muy bien. —Y le saco unas rosa chicle con franjas fluorescentes—. Son las que más se llevan ahora.

Y continúo con mi plan. Mi afirmación es contundente y paso a enumerarle las supuestas cualidades de esas zapatillas, cuyo modelo vendemos en Pódium en exclusividad. Seguramente estarán fabricadas, como tantas otras, en algún zulo de Bangladés al que irónicamente llaman «taller».

—Pesan poquísimo, la mitad de lo normal, y el precio está muy bien. Esta semana las tenemos de oferta.

—Y fíjese en lo flexibles que son gracias a su tecnología de estrías de flexión. ¿Dónde suele ir a correr?

De nuevo aquella sombra de duda en su mirada. Está visto que no me lo va a poner fácil. Tendré que recurrir a alguna de mis artimañas. A esta la llamo «el calzonazos». Repentinamente hago como si me vibrara el móvil y tras disculparme escenifico para su incomodidad la típica escena del hombre permanentemente subyugado a la voluntad de su arpía pareja.

—Sí. Sí. Cariño ya salgo... No. No. No voy a perder otra vez el tren... Por supuesto. Me pasaré primero por el súper y a las cinco en punto recojo a la niña en el colegio... Sí. Sí... Adiós. Adiós.

El resultado es instantáneo: la joven deja de sentirse cohibida o amenazada. Ya puedo otra vez tirar del sedal.

—¿Lo estoy entreteniendo?

—No diga eso. Por favor.

—Ya, pero su tren...

—Tengo tiempo, de verdad.

—Está bien. Suelo ir al parque de las Sombras, está aquí cerca, justo enfrente de la iglesia de San Lorenzo.

—Perfecto.

—¿Cómo dice?

—Digo que estas zapatillas le van perfectas. —Casi vuelvo a meter la pata por la puñetera precipitación—. La amortiguación del gel hace que sean las más apropiadas para practicar *running* tanto en cinta como en pista, y ese parque, si no recuerdo mal, tiene a su alrededor una pista asfaltada.

—¿Usted también va a correr allí?

—Bueno. Solo ocasionalmente. Cuando me lo permiten mis numerosas obligaciones tanto personales como de trabajo. Como ya habrá oído, tengo la agenda bastante ocupada.

—Pues, ¿sabe?, me ha convencido —me dice con una sonrisa.

—Pues las zapatillas que se llevará son unas Axel Sport, veamos la talla.

Se quita sus zapatos de tacón. Le acomodo unas de la talla 38 ½. Hago mención con meterle un poco el dedo por detrás de la zapatilla, mientras le rozo el talón, al tiempo que le digo:

—Le vienen perfectas.

—Pues sí. —Y anda un poco—. La verdad es que me vienen al pie como un guante. Son comodísimas.

Soy un fetichista de los pies. Tal vez por ello trabajo en una tienda de ropa y calzado deportivo. Me encantan los pies de las chicas. Yo más bien diría que me excitan al máximo... Tocarlos, rozarlos casi sin querer. Con las uñas pintadas y esos pies tan finos... La textura de la piel es suavísima, y la sensibilidad, sublime. No os lo creeréis, pero no hay mujer bonita a la que los pies no le huelan bien. Lo digo con conocimiento de causa. Pues me agacho y me acerco a comprobar que todo está en su sitio, que no aprieta de delante y que no roza por detrás. La lengüeta fuera, los cordones bien atados.

Definitivamente la chica ya ha bajado sus defensas.

Según Ramachandran, la atracción que sentimos por los pies puede deberse a que estos y los genitales ocupan áreas contiguas en el cerebro y existen enlaces entre las neuronas de ambas partes de nuestra mente, con lo que, al excitarse una de ellas, por un acto reflejo, también la otra lo hace. Y si se excita. ¡Ufff! A mí me lo van a decir...

Cojo la caja de las zapatillas y, conforme se va, le digo:

—Tal vez nos veamos algún día por el parque haciendo *running*.

—Tal vez. ¿Por qué no? —me dice, esta vez ya con una amplia sonrisa.

—Mis zapatillas también serán unas Axel Sport, azul cielo, por si no me reconoce.

—Cómo no lo voy a reconocer —me dice dulcemente, al tiempo que me dice adiós, acompañándolo de un gesto con la cabeza, con una mano levantada y la otra acariciándose el pelo.

«Muy buena señal», pienso.

Al salir por la puerta aún echa una mirada sonriente hacia atrás, la cual agradezco con un gesto complaciente.

A los cinco minutos ya estoy saliendo de la tienda y tomando la dirección contraria a la de la estación. Mi casa, bueno mi piso, se encuentra a cinco minutos andando en dirección al centro. Justo enfrente del gran parque de las Sombras. Y, cómo no, mi balcón tiene vistas privilegiadas a la pista de *running* que lo rodea. A las siete de la tarde, mi hora preferida, empezaré con mi rutina. Saldré al balcón, tomaré mis prismáticos y empezaré a observar. Solo me queda esperar a que aparezca mi presa. Una vez elegida, todo es ya sistemático. Ponerme mis Axel azul celeste y salir a por ella. Me haré el encontradizo, como si fuese por casualidad; cuando todo ha sido estudiado con verdadera meticulosidad, el éxito está más que asegurado.

¿Quién dijo algún día que ligar era difícil?

Para mis padres, Jesús Piquer Rodrigo y Amparo Bestuer Llopis, así como para mi hermano, Jorge Piquer Bestuer. Ellos son mis pilares aquí en la tierra y también lo serán en el cielo.

REFLEXIÓN ACERCA DE LA IMPORTANCIA DEL PODER

El esfuerzo y la constancia son valores y elementos fundamentales para la consecución de cualquier meta, y más aún si se trata de obtener poder.

Ahora bien, para acceder a él, se requiere una cualidad innata: el don de gentes. Esta virtud, aun siendo necesaria, no es suficiente para embarcarnos en la dura lucha por el poder.

Irene Montero tuvo poder. Mucho poder. Su ascensión fue fulgurante, de cajera a ministra en pocos años, y solo es comparable a la velocidad de su caída.

De hoy para mañana vetada por su propia gente. Traicionada. Canjeada. Vendida.

Y a mí me gustaba mucho Irene Montero, su cara bonita de niña buena, su esbeltez de talle, su delgadez, su gracilidad. De verla todos los días en la tele me enamoré. Sí. Me enamoré. Era preciosa, era mi ilusión poner el telediario solo por verla. Y de repente su poder se quebró y desapareció. Se la comió la nada. Una nada que estaba por nacer mientras existía ella.

¿Y ahora qué haré yo sin ti, Irene Montero, si sin apenas pretenderlo me convertí en un adicto a tu persona?

Quien tiene el poder ha llegado a la cima. Solo puede esperar mantenerlo el mayor tiempo posible y retirarse a tiempo antes de perderlo.

Un poderoso debe estar atento, debe detectar los peligros apenas nacen, solo así los atajará a tiempo. Debe ser prudente en cada una de sus decisiones y actuaciones.

Todos vemos lo que parece ser, pero pocos sabemos lo que verdaderamente es. Ahí radica el poder. Juzgar es fácil, conocer la verdad ya es algo más complejo.

Es fácil hacer que se crea en una cosa, lo que es más difícil es conseguir que la gente continúe y persista con esa creencia. La disciplina, el orden y la perseverancia conducen al éxito, y de este al poder ya solo hay un paso.

El poder no es sinónimo de dinero o riqueza. Para tener poder hay que llegar a él y luego querer ejercerlo. El dinero puede facilitar tu llegada, pero, si una vez obtenidas altas cuotas de poder no lo ejerces con destreza, de nada te sirve.

Fijaos si el poder tiene fuerza que hasta la interpretación de las cosas se hace en función del poder, y no tanto de la verdad.

El poder se ostenta por amor a él o por miedo al castigo. Sea como fuere, se traduce en una obediencia ciega. Aunque en el primer caso, el poder resultante es mil veces más efectivo que en el segundo.

Verás personas que renuncian a su poder. Tenerlo y no ejercerlo es como no tenerlo; el poder requiere de su uso para causar efectos.

Lo que más alas da al poder es el silencio. Este es un claro síntoma de sumisión. Y no lo olvidéis: la grandeza de un hombre radica en su pensamiento.

Si el poder se une con la justicia, lo poderoso será justo. Por ello, debemos asegurarnos de que solo ostenten el poder aquellas personas que lo sepan gestionar con justicia y sabiduría.

Y recordad siempre: el conocimiento es poder. Si atesoramos el suficiente conocimiento, cualquier cosa que nos propongamos la podremos hacer.

Ya en su día, hice un alegato acerca del poder. Ya entonces decía que un gran patrimonio no era sinónimo de poder, ni tener poder implicaba tener un gran patrimonio.

El poder implica saber estar allí donde se debe estar. Es decir, allí donde se toman las decisiones importantes que nos acaban afectando a todos.

Pues no lo dudéis ni por un instante: aquellas decisiones que no toméis las tomarán por vosotros, y tal vez no sean de vuestro gusto, y luego vendrán las lamentaciones.

Hay gente que tiene una gran habilidad para la oratoria: es capaz de convencer a las masas de una cosa y, segundos después, desdecirse y convencerlos también de la contraria. Es un don de gentes, dominan la propaganda, el arte de la soflama, de en segundos enaltecer a las masas y llevarlos, sin que apenas se den cuenta, allí donde quieran. No tiene límites este poder.

Otra gente ejerce su poder a través de la escritura. Pues escribe, teoriza y convence.

Desde aquí, amigos míos, os exhorto a que no permanezcáis quietos. Allí donde tengáis un ápice de poder, debéis ejercerlo, sacar provecho de vuestras fortalezas y de aquello que dominéis, y hacerlo para el bien de toda la humanidad.

Tenéis que copar foros, instituciones, partidos políticos, *lobbies*, medios de comunicación escritos y digitales, así como ser *influencers* y, desde allí, desde las instancias donde se cuece el poder, debéis ejercerlo para bien de vuestros ideales, de vuestros valores y de los de la sociedad en la que estáis.

Cada uno desde su profesión, oficio, carrera o quehacer diario, debe emplear un pedazo de su tiempo en obtener poder y ejercerlo.

O decidme que no tengo razón. ¿No será mejor ostentar el poder que tratar de convencer a quien lo tiene para que haga o deje de hacer determinada cosa?

Sed pacientes: la escalera más alta se empezó a construir por el primer escalón.

P. D.: El secreto de mi influencia y de mi poder reside en que mi don siempre ha permanecido en secreto. Es como en una timba de póker: uno nunca debe mostrar sus cartas a sus oponentes, o al menos no prematuramente.

Dedicado a todos aquellos que están enamorados.

«Y un día recordarás todo lo que hice por quedarme
y todo lo que tú hiciste por que me fuera».

GUYNEMER DE BOULOGNE

EPISODIO 3

—¡Melquíades ha muerto, Melquíades ha muerto!

—¿Por qué no vamos a sus aposentos? Tal vez haya dejado algún escrito, alguna nota.

—Como somos unos niños, nadie nos echará a faltar.

Mientras se realizaban en el castillo los preparatorios para tan magno entierro, los niños, disimuladamente, entraron en su habitación principal.

El castillo tenía infinidad de habitaciones, pero ellos se lo conocían bien.

Su habitación había permanecido durante siglos prácticamente intacta. Estaba en el segundo piso de la torre sur del castillo. El acceso desde la planta baja a la sala superior, o *salle haute*, se realizaba por el exterior de la torre, por una escalera muy angosta para evitar así los ataques.

Una vez dentro de la habitación, observamos unas pequeñas mirillas triangulares, más anchas desde dentro y finísimas desde fuera, a través de ellas era posible observar todo el exterior del castillo e incluso los campos y montes aledaños. Estábamos en la gran cámara.

También observamos una gran cama con un colchón de plumas y funda de piel de cuyo sobretecho, de madera repujada, colgaban cortinajes carmesíes. En las paredes había hermosos tapices con motivos bíblicos que bloqueaban la humedad. También había una enorme chimenea, un sillón, una mesa rectangular y, justo enfrente, una ventana de medio arco enrejada orientada al sur para aprovechar al máximo las horas de sol.

Orientada hacia Jerusalén, había una pequeña capilla toda ella de madera destinada a la oración. Era un habitáculo hexagonal donde apenas cabían cuatro o cinco personas y con una hermosa cúpula rematada por el arcángel Gabriel con su espada.

Se entraba a ella a través de dos puertas acristaladas con mosaicos del Antiguo Testamento. En su interior, un Cristo crucificado de madera de roble y tamaño humano la presidía.

Vimos una biblioteca con una gran cantidad de incunables y algunos manuscritos. Encima de la mesa papeles desordenados y una pluma.

En la esquina más alejada de la entrada, y disimulado por un falso techo, había un enorme arcón de hierro forjado y madera.

—¿Por qué no lo abrimos?

—Sí, vamos a mirar lo que hay dentro.

El enorme candado estaba abierto y las bisagras chirriaron como quejándose al tiempo que iba abriéndose el baúl lentamente. Este se apoyaba sobre unos pequeños pies para aislarlo de la humedad. La madera parecía de nogal y la cubierta era convexa. Los laterales y la parte frontal estaban profusamente decorados. Nos pareció reconocer dos caballeros templarios sobre un corcel blanco, también había varias cruces páteas, o cruces templarias, cuyos brazos rojos se estrechaban al llegar al centro y se ensanchaban en los extremos. Las asas y cerraduras parecían estar en buen estado, aunque algo oxidadas.

Nada más abrirlo vimos un hábito de cruzado con la cruz de Santiago, cruz latina de gules que simula una espada, con los brazos rematados en flor de lis y una ponela en la empuñadura. También había una gran capa blanca. Y, lo más sorprendente, vimos la espada de sir Lancelot du Lac. Un arma sagrada tallada con letras de hadas para demostrar que no fue forjada por manos mortales. Su nombre pocos lo saben, se llama Arondight, que significa 'la inmarcesible luz del lago'.

—Vamos a leer ese papel amarillento que hay junto a la espada.

Eran tiempos remotos y la oscuridad se había cernido sobre todo el reino. En su búsqueda del Santo Grial, sir Lancelot alcanzó la fortaleza del rey Pelles, quien era el custodio de las santas reliquias. En este castillo residía Elaine, hija del monarca. Inmediatamente la princesa cayó rendida a los pies de aquel apuesto caballero y no dudó en proponerle amores. Lancelot, enamorado fielmente como estaba de Ginebra, se negó por completo. No obstante, Elaine lo drogó y consiguió pasar la noche con él y consumar el acto. De ese esporádico encuentro nacería sir Galahad.

Lancelot, avergonzado, regresa a Camelot, de donde Ginebra, enferma de celos, lo expulsa para más tarde, loca de amor, perdonarlo y hacerle volver.

El rey Arturo descubre el amor prohibido entre su esposa y el mejor de sus caballeros, y decide desterrar a Lancelot, quien regresa a su Francia natal.

Camelot nunca se recupera de esa afrenta y Mordred, hijo del rey Arturo fruto del incesto con su hermana Morgana quien se hizo pasar por Ginebra, usurpa el trono de su padre e inicia una guerra civil.

Algunos caballeros fieles a Arturo acuden a Francia para pedir a sir Lancelot que les preste su ayuda. Este va todo lo más rápido que puede a auxiliar a su monarca, pero no llega a tiempo y el rey Arturo muere a manos de su hijo. Mordred se queda con Camelot y las tinieblas se ciernen sobre todo su reino.

Ginebra decide ingresar en un convento encomendándose el resto de sus días a Dios nuestro Señor.

Sir Lancelot se convierte en un ermitaño custodio del féretro de su señor, el rey Arturo, en lo más recóndito de los montes y en lo más profundo de una cueva a la que nadie más que él tiene acceso.

Cuando se entera de la muerte de Ginebra, va al monasterio, recoge el cadáver y entierra a la fallecida reina junto a su esposo, el rey Arturo, para que así ambos duerman juntos el sueño eterno. Años después, en la soledad de la caverna en la que siempre permaneció en secreto guardando los restos de ambos para toda la eternidad, muere sir Lancelot, eso sí, dejando antes su espada a su hijo sir Galahad.

Sir Galahad es uno de los tres caballeros de la Mesa Redonda que alcanza el Grial. Su madre, Elaine de Cobernic, es descendiente directa de José de Arimatea.

Sir Galahad reconocido por su gallardía y pureza, viene a ser la encarnación caballeresca del mismo Dios.

Galahad ha sido nombrado caballero por su propio padre, sir Lancelot, y toma el Asiento Peligroso. Este lugar ha sido mantenido vacante para que solo lo ocupe la persona destinada a alcanzar el Santo Grial. Todos los que se han sentado en ella antes que él murieron.

Solamente los caballeros puros pueden llegar a alcanzar el Santo Grial. De los tres que quedan de todos los que emprendieron la búsqueda del Santo Grial, sir Bors, sir Perceval y sir Galahad, solo este último es quien acaba alcanzándolo. El mago Merlín ya lo profetizó en su día: que sir Galahad sobrepasaría a su padre en valor y, sobre todo, en pureza, y por eso él, y no otro, sería el elegido para alcanzar tan preciado tesoro.

Sir Perceval ha fracasado, pues, al encontrarse con el lisiado rey Pescador y ver el Santo Grial, no acierta a hacer la pregunta que hubiera curado a su maltrecho monarca y a su reino, ahora sumido en la más oscura de las tinieblas.

Doce eran los caballeros de la Mesa Redonda, pues sir Perceval reconoce a sir Bedivere apoyado contra el tronco de un árbol. Se alegra al verlo después de años de dura búsqueda en solitario, y lo llama por su nombre. Al no moverse este, se acerca hasta él y en ese momento ve revolotear a un cuervo con uno de sus ojos en el pico. Está medio comido por las alimañas y tiene una nota en la mano: «Hemos fracasado, nuestro rey Arturo Pendragón, y no somos merecedores de estar junto a ti en la Mesa Redonda». En ese momento unas gotas de sangre caen en la cara de sir Perceval y, al mirar hacia arriba, descubre en el árbol, ahorcados y medio comidos por cuervos, grajas y urracas al resto de los caballeros de la Mesa Redonda. Allí están sir Gawain, sir Pellimore, sir Gareth, sir Kay, sir Lamorak de Gales y sir Tristan de Leonis.

Y en ese momento se siente desfallecer: tanto tiempo, tanta lucha, tanta sangre para que…

El padre de sir Bors fue sir Bors de Gaunes, rey de la Galia durante la ascensión al trono del rey Arturo. Su hijo sir Bors, el Desterrado, fue uno de los mejores caballeros de la Mesa Redonda. Junto con su hermano Lionel y su primo Lancelot lucharon fielmente bajo las órdenes del rey Arturo en Camelot.

Sir Bors, junto con sir Perceval y sir Galahad, encuentran el Grial en el castillo de Corbinec, y posteriormente en la isla de Sarras. Sir Bors es el único que regresará vivo a Camelot para narrar todo lo acontecido al rey Arturo.

Sir Bors muere en Tierra Santa como cruzado y transmite toda la historia del Grial a Hugo de Poyens, primer gran maestre de los Templarios, al cual cede también la espada de Galahad, la que anteriormente había pertenecido a su padre, sir Lancelot.

Sir Perceval y sir Bors se quedaron a las puertas de su objetivo, abatidos por el esfuerzo de años consecutivos de búsqueda. Cuando Galahad consigue levantar el Grial en sus manos, se le aparece José de Arimatea, quien ayudó a escapar a María Magdalena, esposa de Jesús y madre de Sara.

Frente a la hija de Cristo, sir Galahad completa su viaje iniciático. No solo ha visto el Grial, sino la tumba de María Magdalena y el fruto sagrado de su vientre, la pequeña Sara. En ese momento Galahad se despoja de su armadura y de su espada, que recoge sir Bors, y asciende al cielo. Al menos esto fue lo que le contó sir Bors al rey Arturo a su llegada a Camelot.

—Vaya, una historia muy interesante. Pero ¿todo esto qué tendrá que ver con nuestro antepasado Guynemer de Boulogne?

—Tal vez esa otra carta con el sello del señorío de Clarière en cera nos lo explique.

Sin esperar ni un instante la abrimos y la empezamos a leer. Llevaba como destinatario a Adrien Blanchet y como remitente al mismísimo Guynemer de Boulogne.

14 de agosto de 1099. Ciudad santa de Jerusalén.

Adrien, muchas han sido las penurias y calamidades que he tenido que pasar hasta llegar a Tierra Santa, voy a tratar de resumirte algunas de ellas a través de estas humildes letras, las cuales espero que te lleguen estando bien de salud. No olvides darle un abrazo de mi parte a tu hermano Bruno.

De camino al puerto de Brindisi me uní al ejército cruzado que se había alzado en armas contra el infiel. El papa Urbano

II prometió a quienes se sumaran a la expedición el perdón de sus pecados y la protección de sus propiedades durante su ausencia.

Me puse bajo las órdenes de Godofredo de Bouillón y salimos en barco hacia Tierra Santa, esta sería la primera cruzada, junto a nosotros iba un joven Hugo de Payns.

Nuestro ejército desempeñó un papel decisivo en la toma de Jerusalén, fuimos los primeros en entrar en la Ciudad Santa. Después de la toma de Jerusalén, fue Godofredo elegido rey de la recién conquistada Tierra Santa, pero rehusó ser coronado en el lugar donde Cristo llevó una corona de espinas y en su lugar fue proclamado defensor del Santo Sepulcro. Godofredo murió apenas un año después de la toma de Jerusalén, en julio de 1100, y fue sucedido por su hermano menor, Balduino, también conocido como el Leproso o el Santo.

En el asalto final a Jerusalén, el 13 de julio de 1099, la torre de Godofredo se acercó hasta las murallas. Desde ella saltamos dentro y una vez en el interior de la ciudad nos dirigimos al monte del Templo. Allí izamos la bandera cruzada y Hugo de Payns me donó su espada por el valor demostrado en tan ardua batalla. Además, me aseguró que esta, a su vez, se la había cedido antes de morir sir Bors, y que había pertenecido a sir Galahad y a su padre, sir Lancelot du Lac, fiel caballero de la Mesa Redonda y súbdito leal del rey Arturo.

Una vez conquistada Jerusalén y tomado el puerto de Ascalón, donde derrotamos al ejército fatimí al mando de Al-Aldaf, inicié el regreso a mi amado señorío de Clarière.

—Y aquí termina la carta. Hugo de Payns crearía con posterioridad la Orden del Temple. Siendo el primer gran maestre templario. Él mismo hizo que se aprobaran sus estatutos en el Concilio de Troyes, en 1128. Fijaos, debajo de esta hay otra carta con el mismo destinatario y el mismo remitente. Veamos qué dice pues.

Diciembre del año del Señor de 1100
Cerca de Burdeos. Ducado de Aquitania

Estimado Adrien, aunque ya ha pasado un largo año de la toma de Jerusalén y Ascalón, mi viaje de regreso está siendo toda una odisea digna de ser recitada por el mismísimo Homero.

Tras salir de Ascalón a bordo de un barco genovés, una noche de fuerte oleaje y tormenta eléctrica, nuestro barco encalló enfrente de una pequeña isla situada en el golfo de Mirambello, al noroeste de Creta, en la conocida como región de Lasithi, cerca del pueblo de Elounda. Encallamos en las rocas limítrofes a la isla de Spinolonga.

Unos piratas de Argel, corsarios sin escrúpulos, tenían cautivas en dicha isla a dos bellas y jóvenes princesas cristianas, hermanas, de nombre Altea y Lucía, de la noble casa de los Barrera-Civera. Las habían respetado en todo momento con el fin de venderlas al mejor postor en el zoco de Argel.

Altea y Lucía era mellizas, por lo tanto no eran iguales, ambas eran bellísimas y muy delgadas, con cintura de avispa, largas piernas y prominentes pechos. Altea era morena y tenía el rostro de un ángel, en cambio Lucía tenía los cabellos de oro, era rubia, blanca de piel y con unas insinuantes pecas en el rostro que hacían si cabe más espectacular su belleza. Ambas tenían 18 años y toda una vida por delante. Aunque en esos momentos nadie presagiaba un futuro halagador para ninguna de las dos.

El arráez estaba acostado en su tienda de campaña y tenía a sus pies a un niño cristiano de apenas 14 años. Era su garzón, su efebo, su mancebo. Este era imberbe, con carita de niña y una piel aterciopelada blanca muy suave. De cuando en cuando, el arráez se lo acercaba a la entrepierna y exhalaba un suspiro débil de gozo solo entrecortado por las tímidas quejas del niño.

De toda la tripulación del barco genovés solo sobrevivimos al furioso embate de las olas, a las rocas y al hundimiento del barco apenas diez cristianos; todos los remeros moros se hundieron amarrados a sus cadenas de hierro.

Nos subimos hasta una atalaya y desde allí observamos las rocas del acantilado, el barco hundiéndose y lo que parecía ser, hacia el este, un campamento corsario con su barco anclado cerca de una bahía con forma de concha. Nos acercamos cautelosamente amparados por la oscuridad y el silencio de la noche. Por lo que pudimos ver, no eran muchos en tierra, y en el barco, a lo lejos, apenas se distinguían unas pocas cabezas.

Debíamos actuar con mucha cautela; yo me encargué de capitanear al grupo de valientes cruzados. Cuando la noche era más oscura, nos fuimos deslizando como serpientes por el campamento degollando a cuantos guardias veíamos al paso. Finalmente llegamos a la tienda del arráez. Este estaba entretenido montando a su efebo, no nos vio ni oyó llegar. Las princesas dormían en una esquina de la tienda custodiadas por dos jenízaros.

Lanzamos un ataque por todos los flancos por sorpresa, tras una breve refriega con el gordo y barrigón arráez, logré herirlo de muerte. Al tiempo que vomitaba borbollones de sangre, no paraba de maldecir a su guardia personal.

Un jenízaro fue degollado de inmediato, mientras que el otro fue cogido prisionero.

El jenízaro, cumpliendo nuestras órdenes, hizo una señal al barco corsario y este de inmediato botó una barca con cuatro corsarios que al llegar a la costa apenas nos costó inmovilizar. Seguidamente utilizamos a estos de señuelo para subir al barco. Una vez en el barco, desarmamos al resto de corsarios, todos ellos piratas de Berbería, y los pusimos a los remos.

Izamos bandera cruzada en el barco y pusimos rumbo a los puertos de Bari y Brindisi, en la península itálica. Las princesas estaban a bordo, incrédulas por la suerte que habían tenido.

Una vez llegamos a puerto, dejamos a buen recaudo a las bellas princesas, habían perdido a su familia en la *razia* corsaria. Ambas me recordaban a Evelyn, mi gran amor. La visión del muñón de la mano izquierda me hacía recordarla con frecuencia. El paso del tiempo no había borrado ni un ápice mi gran amor por ella.

Antes de partir hacia Aquitania, ambas princesas, en señal de su agradecimiento, me regalaron sendos amuletos, que, según me dijeron, me protegerían de todos los malos augurios. La bellísima morena Altea me regaló un colmillo de basilisco que guardaba de sus ancestros en una pequeña saca de piel de toro. Y la preciosa rubia Lucía me regaló un trisquel celta. Este me lo puse de inmediato de colgante, pues me aseguró que había pertenecido a su madre Lorena, de la estirpe y linaje de los Civera, un linaje Burgunyó sito en el levante medieval. Esta me susurró suavemente al oído que su madre también me lo hubiese regalado como tributo a mi valor y astucia. Y lo más importante: me dijo que simbolizaba la capacidad de adaptarse y crecer a medida que uno se embarca en el precioso viaje que es la vida.

Unas lágrimas rodaron por nuestras mejillas mientras nos decíamos adiós. Un beso en la frente a Altea y otro arrodillado en la mano a Lucía: esa fue mi despedida, aunque mis ojos no dejaron de posarse en ellas hasta que un recodo en el camino me impidió su visión.

—¡Suerte, Guynemer! —me lanzó con un grito una de ellas, aunque yo solo lo oí suavemente en la lejanía.

El camino hasta el ducado de Aquitania no fue fácil, pero no lo realicé solo. Los jenízaros y mamelucos a los que había perdonado la vida en el barco y a los que les había comprado su libertad me juraron lealtad eterna y que velarían por mi vida ofreciendo la suya si fuese necesario.

El viaje nos llevó hasta las tierras albigenses, donde residían los llamados «hombres buenos». Los cátaros se caracterizaban por su crítica radical contra el papado y contra la curia romana.

La zona del Languedoc, el Rosellón y Occitania fue su cuna. Vivían en el amor al prójimo, de acuerdo con su fe, y eran llamados, tras sacramentarse con el *consolamentum*, «perfectos».

Cerca de la ciudad de Albi me desarmaron unos soldados y, justo cuando se disponían a ejecutarme rendido en el suelo, vi a Evelyn que me ofrecía de nuevo la espada de Lancetot.

—Nunca te rindas, yo siempre te querré, pero debes continuar tu vida, amado mío, hazlo por mí, por nosotros, sigue adelante; yo te esperaré en el reino de los cielos.

Y la luz con la que había aparecido se desvaneció.

Salí ileso de aquel enfrentamiento y de todos los que le iban a seguir.

De las tierras cátaras pasamos al valle del Loira y finalmente llegamos a Burdeos.

—Y aquí termina la carta. Fijaos: en este pequeño cofre Melquíades aún guardaba el trisquel, el colmillo de basilisco y el sello con el blasón de la casa Clarière.

—Y un nuevo escrito, este tiene por fecha julio de 1244, es bastante posterior. Lo firma un tal Guynemer-Autier de Boulogne, rebisnieto de nuestro ancestro. Dice que luchó en la cruzada cátara, que estuvo en el asedio al castillo de Montsegur, y que presenció la masacre. Un tal Arnaud Amaury, monje cisterciense, dijo: «Matadlos a todos, Dios ya reconocerá a los suyos». Los cátaros no renegaron de su fe, y se echaban a la pira de fuego cantando alabanzas a Dios, familias enteras con sus niños pequeños fueron echados a la hoguera purificadora. Más de dos centenares fueron sacrificados bajo el crepitar de las llamas. En ese momento me di cuenta de que estaba en el bando equivocado. A media mañana, un asfixiante nimbo negro ondeaba por los barrancos y valles que rodeaban Montsegur.

Arrepentido, juré por mis antepasados remediar en lo posible dicha afrenta.

Por eso ayudé a escapar a cuatro valientes cátaros que descendieron por el lado escarpado de la montaña, que tenía 1207 metros de altura. Además, bajaron con ellos el tesoro cátaro.

Mientras bajábamos, me contaron que el ángel Lucifer lucía sobre la cabeza una corona en cuyo centro tenía incrustada una esmeralda del tamaño de una copa. Cuando este se convirtió en un ángel caído, la esmeralda se transformó en el Santo Grial, custodiado desde siempre por los cátaros. Más tarde, lo transportamos al monte Tábor, allí quedó bajo la custodia de Esclaramunda, y así fue como ayudé a los «puros» a conservar tan sagrado objeto.

—Interesante historia, pero hemos dado un salto en el tiempo. ¿Qué fue de Guynemer, se había quedado a las puertas de Aquitania?

—Aquí abajo hay una última carta. Pero fijaos, esta vez el destinatario es Guynemer en la ciudad de Burdeos, y el remitente es Adrien Blanchet.

—Vamos a leerla, no sé por qué, me da que con ella concluirá esta bella historia.

Año del señor de 1101. Château la Clarière. Saint-Magne-de-Castillón, señorío de Clarière

Señor y conde de Clarière:

Os envío esta carta para comunicaros que ayer, caída la noche, tomamos por sorpresa el castillo de tu señorío.

El pequeño ejército, muerto el abad, resistió poco tiempo el cerco al que los sometió el infame conde de Potiu. Su ejército se lanzó sobre el castillo y sobre la abadía a la vez. Apenas resistieron unas horas y acabaron rindiéndose y jurando pleitesía al nuevo conde de Poitou y Clarière.

Todo el reino se sometió al nuevo dominador.

A nosotros tanto nos daba batir a un enemigo o a otro, y desde los bosques limítrofes no paramos de hostigar y emboscar a las fuerzas usurpadoras.

El bosque era nuestro dominio y nuestro reino. Allí fui creando un ejército de desheredados y descontentos hasta llegar a ser cientos o más bien miles, y todos ellos juraron lealtad al auténtico conde de Clarière, es decir, a ti, al conde Guynemer de Boulogne. Y lo hicieron en tu ausencia, pues sabemos que regresarás más pronto que tarde a recuperar lo que siempre debió ser tuyo.

Sabiendo ya de vuestra pronta llegada, decidimos atacar el castillo al anochecer, cuando parecía más desprotegido, pues la guardia, ebria de alcohol de la festividad celebrada la noche anterior, dormitaba en sus puestos.

Con escaleras, ganchos y cuerdas fuimos trepando por los muros y las torres sin que apenas nos oyeran. Cuando vinieron a darse cuenta, ya estábamos llegando a la torre del

homenaje, residencia de los condes de Poitou. Los hicimos presos sin apenas resistencia, mi hermano Bruno izó en lo más alto de la torre tu estandarte y ondeó por fin al viento tu bandera con el escudo de la casa Boulogne Clarière: dos leones gualdos con puntas índigas sobre fondo escarlata.

Los mismos condes de Poitou te rendirán pleitesía a tu regreso, antes de que vuelvan a su condado. En estos momentos Guynemer estamos preparando una fiesta-banquete para celebrar tu llegada. La realizaremos en el patio de armas para que todo tu pueblo que tanto te quiere pueda participar de ella.

Hablando de querer. Quería que fuese una sorpresa, pero creo que me agradecerás que te lo diga con antelación para que así puedas preparar mejor tu llegada: dos hermosas princesas de pelo azabache y oro te están esperando bajo un cielo añil que viste de gala la noche en este crepúsculo celta.

¡No olvides que yo aún continúo soltero!

Siempre a tus órdenes y a tu servicio, tu fiel súbdito Adrien Blanchet

—Qué final más bonito. Qué pena que no nos lo haya podido contar de su viva voz Melquíades. Dios lo ha querido así. Y Dios lo tenga en su gloria.

Hacía una noche tormentosa y ventosa. Nunca en toda nuestra vida vimos una noche igual: la más oscura que jamás hayan desatado los cielos. Una noche perfecta para que Melquíades se reuniera con Guynemer, con Lancelot y con todos aquellos héroes que con el discurrir de su vida forjaron su propia leyenda.

Y yo, Jesús de Boulogne Conrad-Hattinguer lo vi partir. Era un joven caballero con una cota de malla que cabalgaba lentamente por la ladera oscura. Y vi como las puertas del cielo se abrían a su paso mientras un coro de frailes con capa blanca le cantaba alabanzas en su honor, y todos los druidas, bardos, trovadores y juglares le demostraban cortesía y respeto.

Ogham, ogam, ogum.

Beltaine y Samhain.

P. D.: Desde allí donde se encuentran los sueños rotos, los sueños derrotados, vencidos por el propio sueño.

Para mi hijo Iván Piquer Priego,
quien tiene el corazón de un ángel.

EL INSTANTE PRECISO

Una vez. Una oportunidad. Converso con el silencio, él nunca me hace reproches. Confío ciegamente en la soledad, ella jamás me defrauda.

¿Os acordáis de que os dije que mi mujer me dejó por un tío alto, delgado y con la nariz aguileña? Pues eso; no voy a empezar con la misma cantinela.

Llevaba años solo, en todos esos años no había logrado iniciar ninguna relación, no había manera de que ninguna mujer se fijara en mí. Ninguna tenía el mínimo interés por conocerme. Yo salía y salía, pero nada de nada.

Caía la noche de un caluroso 16 de julio. Y le dije a mi hijo pequeño, Iván, de tan solo once años:

—¿Quieres terminar mi libro? ¿Me harías el último relato?

Me dijo que sí todo ilusionado; cuando salí, lo dejé escribiendo.

Entré en un bar de esos de tardeo, aunque ya eran las diez de la noche. Una taberna de Buda a lo Quijano.

«Seguro que están todos los de siempre», pensé. Era un local de mala muerte. Un buen sitio para escribir un relato. Me acerqué a la barra. En ese bar estaba permitido fumar. Los prohibicionistas son unos amargados, por eso quieren amargar a toda la gente.

Vi al expresidiario y al notario enfrente. A un separado con la amiga de una viuda. A una niña tan hermosa que parecía una princesa con su amiga con tacones de aguja. En la mesa del fondo logré ver a un matrimonio bien avenido y, no muy lejos de ellos, a una despampanante rubia con un escote de vértigo. «Esa será la amante del marido», pensé para mis adentros. También vi a unas italianas con minifalda, medias de rejilla y tacones echando el anzuelo a unos banqueros con corbata y anillo en el bolsillo.

«Todo —pensé—, está todo el repertorio de deprimidos». Solo faltaba yo.

Pero cómo no deprimirme si hoy Caronte, el barquero de Hades, se ha llevado a Jane Birkin. Cerbero estaba con él. Ese perro de tres cabezas es el guardián del infierno griego. Se asegura de que los muertos no salgan y de que los vivos no puedan entrar. Hijo de Equidna y Tifón, tiene cola de serpiente y sus colmillos afilados desprenden veneno negro y letal.

Pero hoy Cerbero estaba manso, pues Jane Birkin lo acariciaba mientras le susurraba a uno de sus seis oídos: «Je t'aime... moi non plus».

Ha muerto mi musa, mujer de extrema sensualidad con cara de ángel. Tiene esa belleza diferente que a mí tanto me gusta. Con esa esbeltez y esa estrechez extrema, con esa desnudez provocativa, casi insultante, toda una artista como cantante y actriz. Vestía de negro, como siempre, qué bien le quedaba incluso muerta.

«¿Qué será de mi Jane Birkin?». Unas lágrimas rodaron por mis mejillas.

Puertas que se abren, se cierran, se vuelven a abrir.

El perro ladró a un hombre mayor que iba sentado justo al final de la barca. Caronte lo miró y le dijo:

—¿Quiere saber lo que le ha dicho Cerbero?

—Bueno. Pero yo solo soy un pobre dibujante de sonrisas.

—Le ha preguntado si cuando llegue al cielo puede dibujarlo en la *13 rue del Percebe*, en el piso de la anciana amante de los animales.

Francisco Ibáñez sonrió:

—Dile que lo dibujaré allí sentado al lado de la anciana mientras Rompetechos le pregunta: «¿Me puedo llevar ese dragón de tres cabezas, que me hace falta un encendedor?».

Estaba yo sumido en mis «enronias» en dicho bar de mala muerte cuando me di cuenta de que solo observaba espaldas. Nadie me veía. Nadie se fijaba en mí. La soledad me acogía de nuevo.

No esperaba nada en la barra del bar mientras recordaba lo que pudo ser y en cambio nunca fue. Y me pregunté: «¿Por qué mis ojos solo ven un mundo de recuerdos rotos? Recuerdos pasados. Nadie ve mi presente porque mi mente vive permanentemente en el pasado». ¿Qué sentirías tú si tus ojos solo vieran el negro, lo oscuro y el vacío?

En esto que sonó en el bar: «Hoy es el día en que actuó el Señor, sea nuestra alegría y nuestro gozo, dad gracias al Señor porque es bueno, porque es eterna su misericordia. Aleluya. Aleluya».

El propietario del bar se apresuró a sintonizar un nuevo dial.

Menuda cancioncita. Si al menos tuviera las agallas, el coraje y la determinación de mis personajes, de Norman Machete Uei, de Guynemer de Bolougne...

Dios, envíame una señal.

Nada. Como siempre. Nada.

A los pocos minutos oigo que alguien dijo a mi lado:

—Para que tú puedas ver la luz, yo tengo que permanecer entre las sombras. —El tono había sido susurrante y apocado.

—Perdone, ¿me dice a mí?

—¿Yo? No. No. Yo no le he dicho nada, caballero, pero ¿le importaría darme fuego, si es usted tan amable?

Su tono y el empleo de *usted* me sorprendieron, no me encajaba ese lenguaje con el bar. Era educado hasta la exageración. Cuando me fijé bien en él, era más o menos de mi edad. Estaba apoyado como yo en la barra y tenía un cigarrillo en la mano. Su ropa era anticuada, incluso diría que no era de su talla, se había acabado de quitar el sombrero. Me pareció extraño, pero más extraño fue lo que me dijo después:

—Yo de niño era un ser oscuro, hecho de agua de espejos.

—Perdone, no lo entiendo.

—El tiempo solo existe en tu memoria, como un regusto extraño del cual se alimentan tus recuerdos. Pero, tranquilo, todo termina diluyéndose en una niebla de olvidos.

—Sigo sin entender nada.

—Usted es un nefelibata, una persona ensoñadora que vive en una permanente inopia. ¿Ve a ese señor? —Y me señaló al notario—: Él es un zangoloteador, se mueve constantemente de un sitio a otro sin ningún propósito ni fin.

—Me sorprende.

—¿Qué hay más bonito que escuchar a la gente? Siempre hay una historia que merece ser contada.

—Y seguro que tendrá la suya.

—Por supuesto, caballero. Usted sabe que detrás de cada persona hay siempre una sombra. ¿Ha visto la suya?

—Mire, no entiendo nada y no pienso seguir así toda la noche, así que, si me disculpa...

—No se vaya. Quédese un momento. Déjeme contarle algo.

Me volví hacia él, parecía un tipo inseguro. Como si fuese consciente de que existía una clara diferencia entre él y el resto de las personas que estábamos en el bar.

Todo era ambiguo en su actitud, tenía un titubeo incesante y sus modales, tan pulcros, eran recalcitrantes.

Pero, como me intrigó, le dije:

—Por mí, no hay problema, cuénteme lo que quiera.

Cuando le contesté, yo ya sabía que no lograría despegarme de él hasta que no me contara todo lo que había decidido desvelarme.

Como no vi en el bar nadie conocido por el que sustituir su compañía, me conformé con escuchar su discurso, aunque terminara decepcionándome. Mejor eso que recluirme en mis remordimientos estériles de por qué me dejaron y por qué no había manera de encontrar una pareja que me quisiera.

Al principio no logré adivinar hacia dónde llevaba su conversación. Dos o tres veces mencionó su soledad y, por su entonación y parpadeo, deduje que venía de antiguo.

Habíamos pedido una copa y bebíamos uno enfrente del otro con los codos apoyados en la barra. De repente hizo un movimiento brusco y se puso de cara hacia la barra como si se ocultase de algo. Yo miré hacia la puerta, solo vi entrar a un grupo de gente que se sentó en la mesa del fondo, donde antes estaba el matrimonio bien avenido. Ni los vi a ellos ni a la rubia que estaba a su lado. Se habrían ido. Los tres.

—¿Le sucede algo? —pregunté.

—No. Nada. No me pasa nada. Es que ha llegado lo que esperaba. Esa chica. —Y me señaló con el mentón hacia un punto del espejo que teníamos enfrente—. ¿La ve? La del vestido dorado de tirantes. Sale a veces en televisión. Es una auténtica monada. ¿No le suena a usted?

—¿Ha quedado con ella? —le pregunté algo incómodo ya por la persistencia del *usted*.

—No. No. No podría —titubeó. Su mirada se nubló como si hubiera caído en un recuerdo especialmente doloroso—. Antes sí. Pero ahora no. Hace años que no. Ahora no me permite ni que le dirija la palabra.

Me fijé en la mujer: pelo caoba, bronceada y llevaba una fina capa de maquillaje que hacía relucir aún más si cabe su extremada belleza. Gesticulaba alegremente ante un hombre bastante mayor que ella, con el poco pelo que le quedaba engominado. Este tenía una mirada nerviosa que desparramaba en todas direcciones.

Sí. La chica era bonita, esbelta, fina, bien proporcionada.

—¿Le gusta? —me preguntó.

Iba a darle una respuesta afirmativa cuando él se me adelantó.

—Es preciosa —afirmó convencido—. No me diga que no.

—Sí que lo es —admití—. Pero ¿cómo podía esperarla si no había quedado con ella? Por lo que dijo, pensé que la esperaba.

—La esperaba porque la espero siempre. Podía venir como no venir. He acudido a este mismo bar los últimos cuatro días. Todos los días la espero entre las diez y las doce de la noche.

—Y ahora que la ha encontrado, ¿qué piensa hacer?

Ya empezaba a sentirme cansado, todo aquello me parecía ridículo, pensé en irme a casa. Me pregunté si mi compañero no sería uno de esos locos que se obsesiona con una persona famosa y la atosiga con cartas y llamadas.

—No soportaría que le sucediera nunca nada —me dijo saliendo de su mutismo—. La quiero desde que la conocí.

—¡Uffff! —exclamé yo—. ¿Y por qué no quiere que lo vea?

—No. Se equivoca. Ella sabe que estoy aquí. Casi siempre logro estar donde ella está. —Y continuó susurrándome—: La conozco desde que tenía 14 años. No puedo hablarle. Disfruto de ella a distancia. Prefiero verla e imaginarla a asumir una realidad que no es la que yo quiero.

—¿Entonces?

—¿Entonces por qué la estoy esperando? Pues sencillamente porque no puedo dejarla. Lo he intentado de mil maneras, pero me es imposible. Fue mi primera novia. ¿Sabe? Y eso siempre marca. Además, fue la primera y la última. Le juro que era la criatura más encantadora e inocente que usted se pueda imaginar. Era mía. Me admiraba. Yo la llevaba a sitios a los que, por su edad, ella no hubiera ido jamás. Yo entonces tenía 20 años y la saqué de su Rafelbuñol natal. Yo me conocía todos los lugares de moda; ella ninguno. Yo la hice. Le enseñé todo: a hablar en público, que le avergonzaba; a andar sin agacharse de lo tímida que era; a vestir como una mujer. Gracias a mí, comenzó a sacarle partido a una belleza sin pulir, en bruto. ¿Hubiera podido llegar sin mí? Tal vez sí. Pero conmigo todo fue más rápido. Era lista. Sabía lo que quería. Yo durante doce años fui su máxima aspiración. Todas sus expectativas se cumplían en mí. No imaginaba un mundo sin mí.

—¿Y después? —pregunté, pues había percibido una creciente melancolía en su voz.

—Después, un 22 de diciembre, todo acabó. Tras doce años de noviazgo, se precipitó el final. Ya no quería quedar conmigo. Se avergonzaba de mí. Empezaba a corregirme ella en vez de dejarse corregir por mí. Los sitios a los que la llevaba ya no eran para ella los mejores. En fin, lo que suele suceder. Un día me dijo que no me amaba y que no me quería ver más. Me quedé sin aire. Sin habla. Enloquecí. No lo admití. Quería verla y hacerle rectificar su decisión. Ella fue fría. Terminamos. No dejó abierta la mínima esperanza. No tuvo ni un gesto ni un comentario de consuelo. Ya nunca más volvimos a hablar.

—¿Me está diciendo que no hablan desde ese día? —le pregunté extrañado.

—Primero me regañaba y se enojaba, se enfadaba cuando veía que la seguía. Llegó hasta a avisar a la policía. Pero yo no hacía nada malo. Además, la quería: jamás le haría daño.

Lo miré a los ojos y una lágrima resbaló por sus mejillas.

—Yo no puedo dejar de quererla. No puedo dejarla, ¿sabe? Necesito verla. Saber cómo lleva el pelo, cómo viste, su calzado. Me destroza saber que no es mía, pero aún sería peor no verla. He hecho todo lo posible e imposible durante veinte años para seguir viéndola. Me presento donde creo que está. He llegado a ser repartidor de *pizzas* para llevárselas a su casa. Iba a los supermercados que frecuentaba, dejaba correr los turnos hasta situarme cerca de ella para sentir su olor, disfrutar de su presencia. He hecho de figurante en sus programas. He dejado perder mi vida a cambio de tenerla cerca y verla.

—¿Has estado siguiéndola durante veinte años? —inquirí sin poder dar crédito.

—Sí. Me hacía el encontradizo. Siempre he sabido dónde y con quién vivía. Aunque de esto último hubiera preferido no enterarme, aún me causa mucho dolor. Prefiero que todo parezca casual. La conozco bien. ¿Sabe? Sé los bares que frecuenta, las zonas por donde va.

—Pero —corté yo— ¿y ella no se da cuenta de que está en todas partes?

—Claro que se da cuenta. Simplemente actúa como si no fuera yo el que tiene delante. Ella es así. Fría. Calculadora. Puede estar a centímetros de mí de distancia y simular no verme. Como si fuese un extraño. Peor, porque ni tan siquiera me mira.

La observé. Estaba ajena por completo a todo aquello que no sucediera alrededor de su mesa.

—Para ella es un juego.

—¿Qué? —le dije.

—En un principio se comporta como si no me conociera. Pero le gusta tenerme aquí parado, observándola. Ella no me habla. No me dirige la palabra. A mí no me importa, por lo menos la veo.

Por un lado, intentaba creerlo; pero, por otro, pensé: «Menudo disparate».

—¿Qué piensa?

—¿Que qué pienso? ¿Cómo sé que es cierto lo que me cuenta? ¿Cómo sé que no es un loco? ¿Cómo sé que no se lo ha inventado todo? ¿Cómo sé que de verdad la conoce?

—No. No, por favor. No piense eso. Usted mismo podrá comprobarlo.

—¿Qué quiere decir?

—Ella siempre inventa algo para que la representación sea completa, y hoy no será menos. Siempre busca el modo de acercarse y decirme algo intranscendente, algo que se dirían personas que no se conocen, pero algo. Me extraña que esta noche no lo haya hecho ya.

Miré el reloj.

—Si apenas queda media hora para que cierren el bar, y además ni siquiera lo ha visto.

—Me ha visto. Estese tranquilo. Me conoce bien. He logrado que sepa que estoy en un lugar con solo entrar y oler el ambiente a S3. No va a tardar, se lo aseguro. Ella no se va a quedar hasta que cierren. Se irá antes.

Miré a la chica. Seguía allí despreocupada con sus amigos. El bar empezaba a vaciarse.

—De acuerdo. Me quedo.

El desconocido me sonrió, sacó un cigarrillo del bolsillo, parecía aliviado. No tenía fuego. Saqué el mechero y se lo encendí.

—Si quiere, nos acercamos —le sugerí.

—No. No hace falta. Le digo que me ha visto. Ella vendrá.

Entonces no supe que aquellas eran las últimas palabras que le oiría pronunciar. Nos quedamos bebiendo de nuestros vasos y ya no nos volvimos a dirigir la palabra el uno al otro. No sé cuánto tiempo transcurrió. El silencio fue creciendo. Estaba ofuscado ya pensando una excusa, cualquier pretexto para irme, mientras miraba fijamente a la barra. Por eso no me di cuenta de que la chica se había levantado, ni de que venía hacia nosotros. Cuando la descubrí, estaba parada junto a él. Le estaba pidiendo un cigarrillo a mi amigo. Él no mostró ni el mínimo nerviosismo. Ni tembló. Extrajo pausadamente su cajetilla de tabaco del bolsillo, la abrió delante de ella, le dio un cigarro al tiempo que le decía que lamentaba no poder darle fuego. Yo llegué tarde en mi ofrecimiento, solo alcancé a verla mientras se daba la vuelta y emprendía el camino de regreso a su mesa. La seguí con la mirada, se movía bien y ganaba bastante estando de pie. Volví la cabeza en ese preciso instante en busca del desconocido, pero ya no estaba.

Regresé estupefacto a casa. Caía la noche justo a esa hora en que la luna baja a beber de los charcos de lodo.

Cuando llegué a mi cuarto, justo encima de mi cama, vi el relato de mi hijo Iván.

ÉRASE UNA VEZ UN ÁNGEL... (5)

... que entró en un bar de mala muerte (13).

En un bar que estaban todos los de siempre (24).

Se sacó un paquete de cigarrillos, cogió un pitillo y pidió fuego al camarero (38).

Los ángeles y el fuego no son muy compatibles (47).

El dueño del bar se dirige al aparato musical (56).

Algo raro está ocurriendo para sonar una música celestial (65).

¡Un canto de iglesia en un bar! (72).

«Una interferencia de Radio María», pensó. (78).

El ángel sonrió con picardía, llevaba ropa algo anticuada y sombrero. (89).

—Hoy me toca hacer ver a alguien el mal de amores. (100).

IVÁN PIQUER PRIEGO

AGRADECIMIENTOS

Este y no otro debería de ser el apartado más importante en todos los libros. Que no os quepa la más mínima duda de que sin todos vosotros, mis queridos lectores, sin el incentivo que para mí supone que disfrutéis y os sorprendáis con cada uno de mis relatos, sin ello, no habría sido capaz de escribir letra alguna. Mi mente y mi pluma se hubieran secado.

También entenderéis que no hay espacio suficiente que pueda contener todos vuestros nombres. Mas sin nombraros os nombro. Vosotros sabéis que estáis aquí, pues al leer este libro ya formáis parte de su espíritu. Todo aquel que lo lea le está añadiendo valor.

No hay dos lecturas iguales, cada persona recibe y confiere sensaciones diferentes. Incluso no es lo mismo leer el libro por segunda vez; todo cambia cuando la situación espacial y temporal es otra. Otros sentidos se activan, otras señales aparecen y todo ello va alimentando un espíritu, un alma que no es otra que la vuestra que va ligada a este libro.

No obstante, sí que voy a nombrar a algunas personas que con su encomiable aportación han hecho realidad este libro.

Sin ellos, la trilogía de los sueños no hubiese visto la luz.

- A Mayca Pérez Moreno. Por tercera vez al timón del proyecto, pendiente del mínimo detalle. Suya vuelve a ser, cómo no, la foto de la portada. Su búsqueda y la localización de la imagen ya implican por sí solas toda una aventura. Emplazo a mis lectores a que recorran las localizaciones de las tres portadas, ya os adelanto que es todo un viaje iniciático. Un sueño.

Pero su aportación, como bien sabéis, no termina ahí. Suyo es el primer montaje del libro, la unión de las dedicatorias a cada uno de los relatos, y esta vez suyo también es el prólogo que cerrará la trilogía.
Sin su aportación desinteresada ninguno de mis sueños hubiese llegado hasta vosotros.

- A Javier Alcover Moreno, *el Boixo*. Como ya sabéis, nuestro dibujante de sueños. Sus dibujos no dejan de sorprendernos. Es capaz de transmitir sentimientos a través de sus trazos. Y no solo eso, sino que con cada nueva mirada descubrimos detalles inéditos. Sus dibujos esconden mensajes secretos, subliminales, que solo un estudio profundo nos permitirá ir revelando. ¿Quién sino él es capaz de dibujar un sueño roto?
- A María del Pilar Bonet Senach, por esos lienzos que describen sin palabras todo un mundo de ilusiones, sueños y esperanzas.
- A mis amigos que cada año se atreven a representar delante de un numeroso público uno de mis relatos. Para ellos el mayor de mis agradecimientos.
- A Juan Antonio Llopis Ribera, *el Lobo*. Su reseña ya se ha convertido en todo un clásico. Es un apartado imprescindible, toda una invitación a la lectura. Con sus palabras nos invita a disfrutar de una noche de ensueño, amena y entretenida, pues cada uno de los relatos nos abre las puertas a mundos y personajes cautivadores, a mitos y leyendas, historias que tal vez en su día llegaron a ocurrir, pues, como bien es sabido, la realidad supera a la ficción.
- A Pau Almenar y a Raquel Garzón. Corrector y maquetadora. Ellos obran el milagro convirtiendo en libro unos textos de Word.
- A Ramón Guanter Blat, mi profesor de literatura de segundo de BUP. Él, y no otro, sembró en mí la pasión por la escritura.
- A Luis Jiménez Iglesias, quien confió en mi vocación de orientador. Nuestra amistad será duradera. Laboralmente me devolvió a la vida.

- A mi familia. A mis padres, Jesús Piquer Rodrigo y Amparo Bestuer Llopis, por alentarme a continuar con este proyecto tan precioso que es la escritura. A mi hermano Jorge Piquer Bestuer, quien me cuida y vela por que todo salga bien. A Ruth y a Judith. A mis primos Jose María y Antonio Piquer Ferrando, Vicente y Rosa María Piquer Escrig. Ellos son mi avanzadilla. Me van abriendo el camino.
- A mi mujer, Susana Priego de la Cruz, por aguantar mis ausencias cada vez que me sumerjo en la infinitud de los libros y las letras. A mis suegros, Juan y Julia. Y, cómo no, a mis hijos, Jesús e Iván Piquer Priego, por robarles un poco de nuestro tiempo cada vez que me embarco en un nuevo desafío literario.
- A Sergio Tamarit Torres. Mi bibliotecario. Ahora que vives entre libros sus palabras te harán libre. Espero con ansia tu regreso.
- A Nacho García, «Nas». Él me va abriendo todas las puertas. Lo quieren y aprecian allí donde voy. Lleva impreso el sello de excelencia de la casa Sargantana.
- A Javier Sarasola Ruiz. Nuestros caminos no dejan de entrelazarse. No podría elegir mejor presentador para cerrar la trilogía.
- Al Ayuntamiento de Museros. Representado por su alcaldesa, Cristina Civera; por su concejal de Cultura, Laura Brisa; y por su concejal de Comercio, Juan José Carrión Rubio. Siempre al servicio de la cultura. Aquí también tengo que agradecer al concejal y presidente de la CAMU, Manuel de la Huerga, todos ellos siempre han apostado por la divulgación de mis obras y me han insuflado su aliento hacia todo tipo de proyectos.
- A Sonia Ferrer Gimeno. Tu techo aún está por llegar y, como bien sabes, siempre me tendrás a tu lado.
- A Reyes. Responsable de la Biblioteca Municipal de Museros. Quiero agradecerle la importante labor que realiza en pro de

la divulgación y el fomento de la lectura, sobre todo, entre los más pequeños. Como dice ella: «No olvidemos que un niño que lee es un adulto que piensa».

- A mis amigos Modesto Martínez Sabater y Javier Gonzalez, *Viza*, con los que tengo el placer de compartir aficiones, devociones y maneras de ver y entender la vida.

Si en el primer libro os sumergisteis en una atmósfera de sueños olvidados y hechizantes, y en el segundo leísteis relatos oscuros e inquietantes, con tonos góticos, «draculianos» y truculentos, en este tercero he dado paso a relatos más esperpénticos, valleinclanianos, diría yo. En ellos he tratado de plasmar de la manera más original posible todo mi carisma y magnetismo, siendo capaz de transferir a mi prosa siempre afilada, palabras capaces de abrirnos puertas de universos desconocidos, fantásticos, impactantes y cautivadores.

Y voy a terminar el libro con un par de consejos que para mí los quisiera.

En primer lugar, debemos rodearnos de personas que crean en nuestros sueños, que nos animen a llevar a cabo nuestras ideas, que nos acerquen a nuestras metas y que apoyen nuestras ambiciones. En definitiva, debemos rodearnos de aquellas personas que sean capaces de sacar lo mejor de nosotros. El secreto de la vida está más en lograr una armonía continua que una felicidad que solo está compuesta de momentos puntuales y, por lo tanto, es efímera.

Y, en segundo lugar, no os olvidéis nunca de que leer es soñar. Soñar con los ojos abiertos, viajar sin rumbo ni pasaje. Vivir otras vidas, descubrir otros tiempos, otros espacios y otros mundos llenos de personajes sorprendentes.

¡Tal vez, tú seas uno de ellos!

JESÚS PIQUER BESTUER

NPQ
Editores